I0631077

Karl Alberti

Japanische Märchen

Karl Alberti

Japanische Märchen

ISBN/EAN: 9783337352356

Hergestellt in Europa, USA, Kanada, Australien, Japan

Cover: Foto ©Andreas Hilbeck / pixelio.de

Weitere Bücher finden Sie auf **www.hansebooks.com**

Japanische Märchen

Eine Sammlung der schönsten
Märchen, Sagen und Fabeln Japans
für die deutsche Jugend ausgewählt
und frei ins Deutsche übersetzt von

Professor Karl Alberti

in Tokyo. Bilder v. T. Tokikuni, Tokyo.
Deckelbild von Fritz Kracher, München

Cl. Attenkofersche Verlagsbuchhandlung,
Straubing.

Druck der Cl. Attenkoferschen Buch- und Kunstdruckerei
Straubing, Bayern.

Zur Einführung.

Nicht mit Unrecht wird Japan als das „wunderbare Sonnenland" bezeichnet; denn neben seinen wirklich wunderbaren Naturreizen bieten Kunst und Literatur, ganz besonders die des Altertums, eine schier unerschöpfliche Fundgrube nicht nur für den wissenschaftlichen Forscher sondern auch für den Schöngeist und für den Freund eines reinen Volkstums. Gar reich, und nicht hinter der deutschen zurückstehend, ist die japanische Märchenwelt, aus der ich hier eine Auswahl zusammengestellt und für die deutsche Jugend bearbeitet habe.

Es ist dies meines Wissens **das erste Werk**, das aus dem reichen Märchenschatze Japans der deutschen Jugend eine sorgfältig zusammengestellte Auswahl bietet; mag auch das eine oder andere hier und dort einmal irgendwo veröffentlicht und dadurch bekannt sein, so ist dies doch meistens zerstreut in Zeitungen, Zeitschriften oder wissenschaftlichen Werken in wörtlicher Übersetzung erfolgt und nur für Erwachsene geeignet.

Keine jener Veröffentlichungen ist von mir benutzt worden oder hat mir als Vorlage gedient, sondern lediglich die japanischen Ausgaben und mündliche Erzählungen der Japaner; deshalb enthält das Vorliegende auch viele Fabeln und dergl., die nur im Munde des Volkes leben, von denen sich also in der Literatur selbst keine Spuren finden.

Da dieses Buch der deutschen Jugend gewidmet ist, mußten bei der Auswahl und Bearbeitung größte Sorgfalt aufgewendet und manche Stellen verändert, fortgelassen oder durch andere ersetzt werden, um das ganze dem Verständnis der Jugend anzupassen, dies umsomehr, als die Originale oft eine derart freie Sprache führen, daß man sie, unserem deutschen Moralempfinden entsprechend, nicht jedermann in die Hand geben kann.

Durch Beifügung erläuternder Anmerkungen, historischer Daten usw. dürfte dieses Buch einen über den Rahmen einfacher Märchenlektüre hinausgehenden Wert gewinnen.

Besonderer Dank sei an dieser Stelle den Herren Dr. Miyauchi, Ohno, Nakamura, Hajime Iwane und K. Nakamatsu für ihre liebenswürdige Beihilfe zu diesem Werke; auch dem Herrn T. Tokikuni, der die farbigen Bilder zeichnete, während die übrigen älteren und neueren japanischen Werken entnommen sind.

Möge daher diese Gabe, die ich der Jugend in meiner deutschen Heimat von hier aus dem fernen Osten, aus dem Lande der aufgehenden Sonne biete, gern angenommen werden und Beifall finden.

Tokyo.

Karl Alberti.

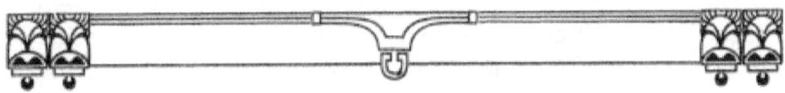

Juki-onna. [1]

5

s waren einmal zwei Holzhauer: der eine hieß Nishikaze[2], dieser war ein älterer Mann, während der andere Teramichi hieß und noch ein Jüngling war. Beide wohnten im gleichen Dorfe und gingen jeden Tag zusammen in den Wald um Holz zu schlagen. Um in den Wald zu gelangen, mußten sie einen großen Fluß passieren, über den eine Fähre eingerichtet war. Als sie eines Tages spät mit ihrer Arbeit fertig waren, wurden sie von einem furchtbaren Schneesturm überrascht; sie eilten zur Fähre, mußten aber zu ihrem großen Schrecken sehen, daß der Fährmann soeben übergesetzt war und sich auf der anderen Seite des reißenden Flusses befand, von der er des rasenden Sturmes wegen vorläufig nicht zurück konnte. Da die Beiden im Freien das Ende des Sturmes nicht abwarten konnten, beschlossen sie in das nahebei befindliche Haus des Fährmanns zu gehen und dort dessen Rückkehr abzuwarten. Gesagt, getan! Im Hause angekommen, warfen sie sich zur Erde, nachdem sie Tür und Fenster wohl verwahrt hatten und lauschten dem Tosen des Sturmes. Der Ältere, ermüdet von des Tages Last und Arbeit, war bald in Schlaf verfallen; aber der Jüngere konnte kein Auge schließen, denn das Heulen, Brausen, Rauschen und Krachen war unheimlich und das Häuschen erzitterte in allen Fugen.

Plötzlich gab es einen fürchterlichen Schlag, als wollte der Sturm das Haus zertrümmern, die Tür sprang auf und ein eisiger Wind mit einer riesigen Schneewolke drang herein. Entsetzt starrte Teramichi auf die Wolke, denn diese bewegte sich auf und ab und nahm endlich menschliche Gestalt an, die Gestalt einer Frau in weißem Gewande und wandte sich zu der Stelle, wo Nishikaze schlief; dort beugte sie sich zu dem Schläfer nieder, ihrem Munde entströmte ein weißer Nebel, der sich auf das Gesicht des Mannes ausbreitete, dann richtete sie sich auf und kam auf Teramichi zu, der, unfähig ein Glied zu rühren, die Augen angstvoll weit geöffnet hielt.

Dicht vor ihm angekommen neigte sie sich nahe auf sein Gesicht und sah ihn ein Weilchen ruhig an; dann sprach sie leise, ihre Stimme war wie ein Hauch und ihr Gesicht nahm freundlichere Züge an: „Deinen Kameraden habe ich getötet, wie alles, das in mein Bereich kommt. Auch du solltest sein Los teilen, doch bist du noch kein Mann und hast noch nicht gelebt. Drum sei verschont! Doch diese Schonung wird dir nur so lange Zeit, als du schweigen kannst. Kommt auch nur ein Wort von dem über deine Lippen, was du hier erlebtest, — sei es zu wem es wolle, nicht Vater, nicht Mutter, nicht Weib noch Kind, niemand, hörst du, niemand darf erfahren, was hier geschah, — so treffe ich dich, wo es auch sei! Denke daran!"

Nach diesen Worten schwebte sie langsam empor und verschwand durch die Tür.

Jetzt wich der Bann von dem jungen Manne, er sprang auf, eilte zur Tür und verschloß sie fest. Dann wandte er sich zu seinem Kameraden und rief ihn an; doch dieser rührte sich nicht, er war steif und starr, er war tot, sein Gesicht verklärte ein glückliches Lächeln. Endlich ließ der Sturm nach und der Morgen brach an und der Fährmann, der nun zurückkehrte, fand beide Männer in seinem Häuschen und hielt sie für tot, für erfroren; doch als er sie aufhob, tat Teramichi einen tiefen Seufzer, schlug die Augen auf und kam bald wieder zu sich, während Nishikaze tot blieb und begraben wurde.

Der junge Mann aber ging wieder seinem Berufe nach und wanderte tagtäglich in den Wald, erzählte niemand sein Abenteuer, das er mit der Schneefrau, denn eine solche war es, wie ihm zur Gewißheit wurde, hatte. So gingen zwei Jahre dahin.

Als er eines Abends nach vollbrachtem Tagewerk wieder heimwärts wanderte, begegnete ihm ein junges hübsches Mädchen, das ihm so gefiel, daß er sich in ein Gespräch einließ. Das Mädchen erzählte ihm, daß es Waise sei und zu entfernt wohnenden Verwandten wandern wolle, wo es hoffe aufgenommen zu werden.

Als das Paar nahe dem Dorfe war, in dem Teramichi wohnte, sprach dieser zu dem Mädchen:

„Es ist jetzt Abend und kalt und die Wege sind unsicher; komm mit in meine armselige Hütte und nimm teil an dem bescheidenen Mahle, das meine Mutter bereitet hat! Ruhe dich dann aus und so du willst, kannst du morgen früh deine Wanderung fortsetzen!"

Das Mädchen, das sich „Juki" nannte, nahm dies Anerbieten an und begleitete den jungen Mann in sein Haus, wo die Mutter ihm eine freundliche Aufnahme bereitete. Als es sich ausgeruht hatte und am andern Morgen sich wieder auf den Weg machen wollte, bat die Mutter, es möge doch noch einige Tage bleiben und wenn es niemand in der Welt habe, der es erwarte, so möge es bleiben, so lang es wolle und ihr etwas zur Hand gehen, da sie selbst schon alt sei und sich schon längst eine Stütze im Hause gewünscht habe. Da auch Teramichi, der zu dem Mädchen in heißer Liebe entbrannt war, sich den Bitten seiner Mutter anschloß, so schlug es ein und blieb im Hause.

Wie es nun so geht, wenn ein Mann einem Mädchen mit reiner Liebe zugetan, daß das Mädchen schließlich auch Liebe empfindet, so war es auch hier und es dauerte nicht lange Zeit, so hatten sich beide ihre Liebe erklärt und Teramichi und Juki wurden ein Paar.

Juki war stets eine brave Frau und verehrte ihre Schwiegermutter in kindlicher Liebe bis diese starb; dann widmete sie sich nur ihrem Manne und ihren Kindern, von denen sie im Laufe der Jahre ihrem Gatten zehn geschenkt hatte. Die Kinder blühten und gediehen und wuchsen heran; keine Krankheit, kein Unglück störte den Frieden und das Glück dieser Ehe, die jedermann als die beste im ganzen Lande pries.

Als ganz besonderes Wunder aber wurde erwähnt, daß Juki immer jung aussah, immer blühend und in voller Kraft war und man keinerlei Spuren des Alterns bei ihr wahrnehmen konnte. So vergingen die Jahre, als eines Abends im Winter, als das Paar im traulichen Zwiegespräch beisammensaß, wieder einmal ein furchtbarer Schneesturm losbrach. Der Mann erschauerte, indem er seines Erlebnisses in der Hütte des Fährmannes gedachte und sinnend betrachtete er seine Frau, die ihm schöner als je erschien und plötzlich glaubte er in ihrem Gesicht eine Ähnlichkeit mit der Schneefrau zu entdecken, die ihm damals vor vielen Jahren das Leben schenkte. Diese Ähnlichkeit trat immer deutlicher hervor, so daß er den Ausruf nicht zurückhalten konnte: „Nein, du bist schöner!"

Juki wurde aufmerksam und fragte, was diese Worte bedeuten sollten; ohne zu zögern, halb im Traum, erzählte er ihr nun sein Abenteuer, das er mit der Schneefrau hatte und schloß seine Erzählung mit den Worten: „Sie war schön, aber geisterhaft schön; du aber bist menschlich, natürlich schön!"

Da erhob sich Juki und erschreckt sah der Mann, wie sie größer und größer wurde, wie ihr Gesicht sich verklärte, die Kleidung sich in lichtes Weiß verwandelte und sie endlich so vor ihm stand, wie damals die Schneefrau. Er stürzte zu

Boden, streckte die Arme aus und rief: „Ja du bist es doch, verzeih, verzeih!"

Sie aber schüttelte das Haupt und herrschte ihn an:

„Ja ich bin es! Konntest du den Mund nicht halten, nachdem du solange geschwiegen hast? Ich könnte dich jetzt töten; ein Hauch aus meinem Munde würde deine Glieder erstarren lassen, das wäre die gerechte Strafe, daß du nicht nur dein, sondern auch mein Glück zerstört hast! Denn sieh!" — hier nahm ihre Stimme einen milden Klang an — „als ich dich damals in jener Hütte als blühenden hübschen Jüngling so hilflos vor mir sah, da tatest du mir leid, aber nicht nur leid; ich fühlte den Wunsch in mir, auch einmal Menschenglück zu genießen, anstatt stets zu zerstören. Ja, ich liebte dich und nahte mich dir in menschlicher Gestalt, ich genoß an deiner Seite Jahre ungetrübten Glücks. Jetzt hast du es selbst zerstört und ich muß zurück in mein kaltes Reich und du? — Ich gedenke des Glücks, das ich genossen und der armen dort ruhenden Kinder, denen ich neben der Mutter nicht auch den Vater rauben will. Mögest du drum leben; bleibe den Kindern ein guter Vater und suche dadurch dein heutiges Unrecht zu sühnen!"

Damit drückte sie ihm einen Kuß auf die Stirne, der, obgleich eiskalt, wie Feuer brannte; die Tür sprang auf, ein wirbelnder Schneeschauer durchtobte das Haus und entführte Juki-onna, den Mann einsam zurücklassend.

Von diesem Tage an blieb er, der sonst stets heiter und guter Dinge war, ernst und kein fröhliches Wort kam mehr über seine Lippen; er lebte nur seinen Kindern, zog sie zu tüchtigen, braven Menschen auf und als nach vielen Jahren wieder einmal ein Schneesturm brauste, nahm dieser die Seele des Mannes mit und führte sie seiner „Juki-onna" zu.

Die Leute aber sagten, als sie ihn am andern Morgen tot fanden, er sei erfroren.

1. Juki = Schnee, onna = Frau, Juki-onna = Schneefrau.

2. Sprich Nishikase.

Der weiße Fuchs.

Dor vielen Jahren jagte einmal im Walde von Shimoda [1] der Sohn eines Fürsten. Er hatte das seltene Glück einen schneeweißen Fuchs weiblichen Geschlechts zu fangen. Er wollte das Tier töten, aber Yasuna, der Sohn eines Tempelaufsehers, der sich an der Jagd beteiligte, bat es ihm zu schenken, weil er wußte, daß solche Füchse mit weißem Fell Zauberkräfte besitzen, mehrere tausend Jahre alt werden und sich in jede beliebige Gestalt verwandeln können. Aber der Sohn des Fürsten wollte das schöne Fell des Tieres für sich haben, schlug Yasuna die Bitte ab und befahl seinen Leuten die Füchsin zu töten. Yasuna aber bemächtigte sich dieser mit Gewalt, indem er mit den Jägern kämpfte und obgleich aus vielen Wunden blutend, konnte er doch mit dem Tiere flüchten. Nachdem er eine Weile gelaufen war, brach er erschöpft zusammen; er mußte die Füchsin loslassen, die schnell im Walde verschwand. Seltsamerweise kam plötzlich seine Verlobte Kuzunoha daher, die, als sie seine Wunden sah, sie ihm verband und ihn nach Hause geleitete.

Yasuna war erstaunt seine Verlobte bei sich zu sehen, die er bei ihren Eltern, die in der Kumamoto-Provinz[2], weit entfernt von Shimoda, wohnten, vermutete, und fragte daher, wie es komme, daß sie sich jetzt hier befinde und ihn im Walde gefunden habe.

Kuzunoha aber antwortete: „Frage mich jetzt nicht, noch ist es nicht Zeit, dir dies zu erklären. Ist es an der Zeit, so wirst du alles erfahren!"

Damit beruhigte sich Yasuna, der glücklich war, seine Braut bei sich zu haben. Er zögerte nicht lange, sondern machte einige Tage darauf mit ihr Hochzeit. Einige Jahre lebten beide glücklich und zufrieden und ein herziger Knabe, den Kuzunoha ihm geschenkt hatte, verschönte ihr Glück. Diesem Knaben hatten sie den Namen Dokyo[3] gegeben.

Eines Tages war Yasuna im Walde gewesen und kehrte erst spät abends zurück. Als er vor seinem Hause ankam, war er nicht wenig überrascht, vor der Tür seine Schwiegereltern mit seiner Frau stehen zu sehen, die sich lebhaft unterhielten; er trat näher, begrüßte sie und fragte, warum sie nicht in das Haus gingen, sondern vor der Tür ständen.

Sein Schwiegervater aber fuhr ihn zornig an, was das heißen solle, daß er sich die ganzen Jahre lang nicht um seine Braut bekümmert habe und jetzt mit einem andern Weibe zusammenlebe.

Yasuna wußte nicht, was er zu solcher Rede sagen sollte und war noch mehr verwundert, als auch seine Braut ihm die gleichen Vorwürfe machte. Er öffnete kurzer Hand die Tür des Hauses und lud alle ein einzutreten. „Wir können uns da drinnen weiter darüber unterhalten, was eure Vorwürfe bedeuten sollen; hier auf der Straße ist nicht der Ort dazu!" sagte er und wollte vorangehen, prallte aber zurück, denn im Zimmer saß seine Frau und nähte! — Hier draußen stand aber auch seine Frau; die aber behauptete, noch nicht seine Frau zu sein, sondern nur seine Verlobte! Wer war die richtige, wer die falsche Kuzunoha? — Er schloß nun ganz lautlos die Tür, trat zurück und sagte zu seinen Schwiegereltern: „Wartet hier einen Augenblick, ich komme gleich zurück!"

Dann trat er in sein Haus, begrüßte seine Frau und sagte ihr: „Deine Eltern sind angekommen, rüste dich, sie zu empfangen! In einer Stunde sind wir wieder hier!"

Nachdem die Frau zugesagt halte, alles aufs beste zu besorgen, ging Yasuna zu den Schwiegereltern zurück und bat sie mit ihm einen Spaziergang zu machen, nach einer Stunde würde er sie in sein Haus führen.

Auf dem Wege erzählten ihm die Schwiegereltern, daß das bei ihnen befindliche Mädchen tatsächlich ihre Tochter Kuzunoha, seine Braut sei und daß diese untröstlich darüber, daß Yasuna in der langen Zeit nichts habe von sich hören lassen, ihre Eltern veranlaßt habe, die weite Reise mit ihr zu machen. Jetzt angekommen, müßten sie zu ihrer großen Betrübnis sehen, daß bereits eine andere Frau im Hause sei!

Yasuna erzählte sein Abenteuer und seine glückliche Ehe.

Unter diesem Gespräch war die Stunde vergangen, alle kehrten zurück und gingen ins Haus; aber es war keine Frau zu sehen, nur das Kind lag auf seinem Lager und weinte, jubelte aber der Kuzunoha zu, die den Knaben auf den Arm nahm und mit ihm scherzte. Dann erzählte der Knabe ihr einen sonderbaren Traum, den er gehabt habe und fragte, was er bedeute. Er sagte zur Kuzunoha: „Vorhin, als ich schlief, sagtest du zu mir, daß du gar kein Mensch, sondern eine verzauberte Füchsin seiest. Der Vater habe dir einmal das Leben gerettet und deshalb habest du menschliche Gestalt angenommen und seist ihm in Gestalt seiner Braut erschienen um ihm zu danken. Jetzt sei aber die wirkliche Braut gekommen und so müssest du scheiden. Ich solle dies dem Vater erzählen und ich soll brav und gut werden und bleiben. Ein dummer Traum, nicht wahr!"

Alle sahen sich erstaunt an, war doch jetzt das Rätsel geklärt. Die wirkliche Kuzunoha blieb nun im Hause als rechtmäßige Gattin Yasunas und erzog den kleinen Dokyo zu einem tüchtigen Menschen, der klug und tapfer wurde.

Von der weißen Füchsin hat man nie wieder etwas gehört.

1. Shimoda = Ort auf der Halbinsel Izu, nahe bei Yokohama.

2. Kumamoto = Stadt und Provinz im Süden

Japans nahe bei Nagasaki.

3. Dokyo = Mut.

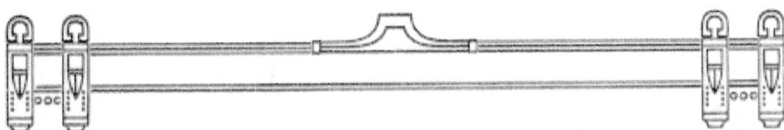

Urashima Taro. [1]

In einem Fischerdorfe, nahe dem heutigen Yokohama lebte vor vielen, vielen Jahren ein junger Fischer namens Urashima Taro. Als er eines Abends vom Fischfang zurückkehrte und recht zufrieden und guter Dinge war, weil er gute Beute gemacht hatte, sah er am Strande eine Schar Knaben, die eine kleine Schildkröte gefangen hatten und sie an einer an einem ihrer Vorderbeine befestigten Schnur im Kreise herumschwangen und quälten [2]. Urashima, der die Tiere gern hatte und jede Quälerei harmloser Tiere verabscheute, fühlte auch jetzt wieder Mitleid mit dem armen Tierchen und ging auf die Kinder zu.

Indem er seiner Stimme einen energischen Ton gab, schalt er die Kinder. „Was ist das für eine Bosheit", rief er empört aus, „dieses schuldlose und hilflose Tier so zu quälen! Wißt ihr nicht, daß Gott im Himmel solche böse Kinder bestraft, die arme Tiere mißhandeln? Zeigt einmal her, wem gehört denn diese Schildkröte?"

„Dieses Tier gehört niemandem!" entgegnete der älteste der Knaben und fügte noch unverschämt hinzu: „Wir können machen, was wir wollen; und wenn wir ein Vergnügen daran haben das Tier zu töten, so ist das unser freier Wille und geht keinen anderen etwas an!"

Urashima sah ein, daß er diesem frechen Bengel nicht mit Morallehren kommen dürfe; denn auf solche harte Herzen haben Worte keinen Einfluß; er änderte also seine Taktik und sagte nun mit möglichst milder Stimme: „Nun, nun, ärgert euch nur nicht, das war nicht so bös gemeint; aber diese allerliebste Schildkröte gefällt mir und ich möchte sie gern besitzen. Wollt ihr euch in einen Handel mit mir einlassen? Wie wäre es, wenn ihr mir das Tier verkaufen würdet? Für Geld könnt ihr euch etwas kaufen und euch bessere Freude machen, als daß ihr dieses Tier hier im Kreise herumschleudert!"

Die Kinder gingen erfreut schnell auf den Handel ein und überließen Urashima gegen einige Silbermünzen die Schildkröte.

Urashima nahm sie in die Hand, ging bis zum Wasser und setzte das Tier ins Meer, indem er sagte:

„Armes Tierchen, nicht um dich der Freiheit zu berauben, sondern dir die Freiheit wiederzugeben, habe ich dich gekauft; nun schwimme hin und sei in Zukunft vorsichtiger, damit du nicht wieder in böser Buben Hände fällst!" Er blieb noch ein Weilchen stehen und sah zufrieden lächelnd der schnell im Wasser dahinschwimmenden Schildkröte nach, bis er sie nicht mehr erblickte; dann nahm er sein Fischereigerät und seine Fische und ging wohlgemut in seine Hütte.

Am andern Morgen ging er wie gewöhnlich seinem Handwerk nach. Als er mit seinem Kahne auf dem Meer war und seine Netze ausgeworfen hatte, hörte er plötzlich ein zartes Stimmchen rufen:

„Urashima sama!"[3]

Erstaunt sah er sich um, konnte aber nicht entdecken, woher die Stimme ertönte und wer seinen Namen rief. Da ertönte es abermals:

„Urashima sama!"

Jetzt merkte er, daß die Stimme aus dem Wasser kam und er beugte sich über den Rand seines Bootes und erblickte die kleine Schildkröte, die er am Tage vorher aus den Händen der Buben befreit hatte. Im ersten Moment war er erschrocken; doch faßte er sich ein Herz und fragte: „Warst du es, die mich rief?"

„Gewiß!" antwortete das Tierchen. „Ich bin gekommen um euch meinen Dank für euere gestrige edle Tat zu sagen. Und weil ihr mir meine Freiheit gegeben habt, möchte ich euch etwas recht Schönes zeigen! Habt ihr Lust, so folget mir!"

Urashima dachte: Was kann es wohl sein, das mir dieses unscheinbare Tier zeigen könnte? Doch nichts Besonderes. Aber das macht auch nichts, es will sich mir dankbar erweisen und so will ich ihm auch die Freude nicht verderben. Nachdem er sich so ein Weilchen bedacht hatte, fragte er doch vorsorglich:

„Dauert es auch nicht lange? Ich will dir gerne folgen, aber ich habe nicht viel Zeit zu versäumen. Wohin soll es denn gehen?"

„Garnicht weit von hier. Ich beabsichtige nur, euch zum Palast unserer Meereskönigin Otohime zu führen und euch dort Wunderdinge zu zeigen!"

„Das ist ganz unmöglich", erwiderte Urashima, „denn ich kann nicht so schnell schwimmen und nicht so gut tauchen wie ihr und was schließlich die Hauptsache ist, ich kann ja im Wasser nicht atmen und dich deshalb nicht auf den Meeresgrund begleiten!"

„Macht euch deshalb keine Sorge, Urashima", entgegnete die Schildkröte, „steigt auf meinen Rücken und das weitere werdet ihr sehen!"

„Aber mein Boot — —" meinte Urashima bedenklich.

„Das findet ihr hier wieder, ich führe euch zurück!" unterbrach ihn das Tier.

„Aber du bist so klein, du kannst mich nicht tragen!" rief Urashima noch immer bedenklich.

Da rauschte es im Wasser, die Schildkröte dehnte und streckte sich und staunend sah Urashima, wie sie sich immer mehr vergrößerte, bis sie die gleiche Größe des Bootes hatte, dann fragte sie lachend:

„Nun? — Bin ich noch zu schwach für dich?" Da
schwanden Urashima alle Bedenken, flugs stieg er aus
seinem Boote, nachdem er dasselbe sicherheitshalber
verankert hatte und nahm auf dem Rücken des Tieres Platz.

„Halte dich nur recht fest und fürchte dich nicht!" Nach
einiger Zeit rief die Schildkröte: „Nun schließe fest die
Augen und öffne sie nicht eher, als bis ich es dir sage. Auch
halte ein Weilchen den Atem an, es dauert nicht lange!"

Urashima tat, wie ihm geheißen und dann fühlte er, wie das
Tier im Wasser versank; das Wasser rauschte und brauste
um seine Ohren; ängstlich klammerte er sich mit beiden
Händen an das Schild seines sonderbaren Reitpferdes; aber
eingedenk der Mahnung behielt er die Augen geschlossen
und hielt den Atem an.

Schon glaubte er, es ginge mit ihm zu Ende; da ertönte der
Ruf: „Jetzt!"

Da öffnete er seine Augen und sah sich auf dem Grunde des
Meeres, dessen feiner Sand aus lauter Perlen bestand. In der
Ferne sah er ein riesiges Gebäude in blendendem Glanze
schimmern, auf das die Schildkröte mit ihrem Reiter
zuschwamm. Endlich kamen sie an und standen vor einem
großen Tore, das aus purem Golde mit Edelsteinen verziert
war. Zwei große unheimliche Meerdrachen lagen vor dem
Tore und glotzten Urashima mit fürchterlich rollenden
Augen an, so daß ihm ganz ängstlich wurde. Als die
Drachen aber die Schildkröte erblickten, ließen ihre
drohenden Blicke nach und sie versuchten freundlichere
Gesichter zu machen.

„Nun steige ab und warte hier!" sagte die Schildkröte und
ging dann, nachdem Urashima abgestiegen war und sich
auf den Boden gesetzt hatte, durch das Tor.

Urashima sah sich dann um und wunderte sich sehr, daß er,
obgleich er sich auf dem Meeresgrunde befand und das
Meerwasser ihn umgab, doch ganz trocken war und ohne
Beschwerden atmen konnte, ja die Luft kam ihm sogar viel
reiner und würziger vor, als die oben auf der Erde.

Es dauerte gar nicht lange, da kehrte die Schildkröte zurück;
ihr folgte eine große Anzahl Fische in allen Größen, Formen

und Farben, wie sie der Ozean birgt; nur trugen alle ein ganz lichtes Gewebe in blauer Farbe, wie ein Kleid, und hatten silberne Aufschläge. Sie umringten Urashima, der sich erhoben hatte, und begrüßten ihn durch Neigen ihres Kopfes ehrerbietig.

Dann nahten sich zwei größere Fische, die auch ein blaues Kleid anhatten aber mit goldenen Aufschlägen, und die ein ebensolches Kleid brachten und ohne etwas zu reden, Urashima die Fischerkleider auszogen und mit dem mitgebrachten blauen Gewande bekleideten.

Urashima ließ alles willenlos mit sich geschehen; er sagte sich, nun bin ich einmal hier und kann allein nicht fort. Schlimm wird es mir sicherlich nicht ergehen; denn, wen man mit einem Ehrengewande bekleidet, den wird man wohl nicht verschlingen.

Nachdem ihm auch noch herrliche Sammetpantoffel an die Füße gesteckt waren, kam eine wunderbar schöne Zofe, nahm ihn bei der Hand und führte ihn durch das Tor, während die Fische als Ehrengeleite in respektvoller Entfernung in schönster Ordnung folgten.

Nachdem sie das Tor durchschritten hatten, gelangten sie an eine Marmortreppe, die sieben Stufen hatte und an einem Tor von glänzendem Mahagoniholz, an dem zahlreiche Smaragde flimmerten, endete. Hier angelangt, öffnete die Zofe das Tor und ließ Urashima eintreten, der sich nun in einem großen Saale befand, dessen unbeschreibliche Pracht seine Augen fast blendete. Zwanzig Säulen von reinstem Kristall trugen die aus Korallen gebildete Decke des Saales, von der eine Unmenge kostbarer Lampen herabhing, in denen wohlriechende Öle brannten. Die Wände waren alle aus Marmor und trugen zum Schmuck die verschiedensten Edelsteine und Rubinen. In der Mitte des Saales befand sich ein diamantener Thron, auf dem Otohime, die Meereskönigin saß, schön wie die Morgenröte, die das bleiche Nachtgestirn vertreibt. Den Thron umgab eine unendliche Menge von Würdenträgern und Palastbeamten, alle in kostbare Gewänder gekleidet. Die ganze Pracht war für den an derartige Schönheit und Wunder nicht gewohnten jungen Fischer so blendend, daß er nur zögernd und halb willenlos, langsam einen Fuß vor den andern setzte und sich so dem Throne nahte, wo er sich ehrfurchtsvoll und demütig niederwerfen wollte. Aber die Königin, die seine Ueberraschung und sein Zögern mit mildem, freundlichem Lächeln beobachtet hatte, erhob sich schnell, ergriff Urashima bei der Hand und verhinderte so sein Niederfallen. Mit einer Stimme, die dem Klange einer silbernen Glocke glich, süß und rein, sagte sie zu ihm:

„Sei mir willkommen. Ich habe gehört, daß du gestern in selbstloser Weise einer meiner liebsten Dienerinnen das Leben gerettet hast. So war es mein aufrichtiger Wunsch, dir diese edle Tat zu vergelten und dir meine Dankbarkeit zu beweisen. Deshalb habe ich dich zu mir eingeladen und ich habe mich gefreut, daß du so furchtlos warst und der Gefahr nicht achtetest, den Weg hierher zu unternehmen. Wer furchtlos ist, ist in der Regel auch treu!" Der junge Fischer wußte nicht, wie ihm geschah und er war so verlegen und befangen, daß er auch nicht ein Wort zu erwidern vermochte; er machte nur eine stumme, sittsame Verbeugung.

Auf einen Wink der Königin wurden ihm nun seidene Polster gebracht, auf die er sich niederlassen mußte, dann stellte man ein elfenbeinernes Tischchen vor ihm hin, auf dem sich auf einer roten Lackplatte schmackhafte Speisen verschiedenster Art befanden, die ihm sämtlich unbekannt waren. Er ließ sich nicht länger nötigen, sondern sprach den Speisen und Getränken tapfer zu. Es war für ihn im wahren Sinne des Wortes eine Göttermahlzeit; hatte er doch in seinem ganzen Leben noch nie derartige Sachen gesehen, geschweige denn jemals gekostet.

Als er sein Mahl beendet hatte, forderte ihn die Königin auf, sich den Palast anzuschauen; sie führte ihn von Saal zu Saal, von Zimmer zu Zimmer durch alle Räumlichkeiten, die mit verschwenderischer Pracht ausgestattet waren und jede nur irgend mögliche Bequemlichkeit aufwiesen.

Das wunderbarste aber war der Garten, der vier große Beete enthielt, die den vier Jahreszeiten entsprachen.

Das eine Beet, der Frühling, enthielt zahllose Pflaumen- und Kirschbäume, die über und über dicht mit Blüten besät waren und auf einem saftigen dunkelgrünen Rasen standen.

Auf den Zweigen saßen zahlreiche Nachtigallen, die ihre lieblichen Romanzen melodisch ertönen ließen und eine unendliche Menge Lerchen hatte ihre Nester in dem Blütenmeere erbaut.

Nach Süden zu befand sich das Beet des Sommers: Hier standen Birnen- und Aepfelbäume, deren Zweige sich unter der Last der herrlichsten Früchte bis nahe zum Erdboden beugten. Grillen und Zikaden erfüllten die Luft mit ihrem einförmigen und betäubenden Geschrei. Die große Hitze, die in diesem Teile herrschte, wurde gemildert durch einen sanften, kühlenden Wind.

Das dritte Beet, der Herbst, im westlichen Teile gelegen, war ganz bedeckt mit welken Blättern und Chrysanthemenblüten, während das im Norden befindliche vierte Beet, den Winter, ein dichter Schneeteppich bedeckte und Eisfelder und ein zugefrorener Graben es umgrenzten. So verbrachte Urashima sieben lange Tage im Palaste der Meereskönigin und wurde gar nicht müde, all die Wunder und Herrlichkeiten anzustaunen, die ihm täglich gezeigt wurden und im Entzücken über die liebliche Schönheit Otohimes vergaß er ganz seine Heimat, seinen Vater, sein Weib und seine Kinder. Aber eines Tages, als er wieder müßig umherschlenderte, kamen ihm diese doch wieder in Erinnerung und ein tiefes Heimweh befiel ihn. Er seufzte schwer und sprach:

„Was mag wohl mein Vater von meiner langen Abwesenheit denken, wie unruhig werden meine Frau und Kinder sein und meine Rückkehr erwarten! Vielleicht glauben sie sogar, daß ich gestorben bin, verschlungen von den Wogen des Meeres, auf dem Grunde des Ozeans ruhe!"

Ohne sich lange zu besinnen, eilte er zur Königin und bat, ihn zu den Seinen zurückführen zu lassen, da er jetzt schon sieben Tage von Hause abwesend sei und die Seinen sich sicherlich ängstigen würden.

Die Königin, die vergeblich sich bemühte, Urashima die Heimwehgedanken auszureden, nahm, als sie sah, daß ihre Worte nichts halfen, ihn mit sich in ihr Zimmer, und überreichte ihm ein kleines, fest verschnürtes Lackkästchen, indem sie sagte: „Ich habe keine Gewalt dich hier gegen

deinen Willen zurückzuhalten, obgleich ich weiß, daß deine
Rückkehr in die Heimat dir nur Elend bringen wird. Aber
nimm hier zur Erinnerung an mich dieses Kästchen, es wird
dir immer nützlich sein und dir, wenn du den Wunsch hast,
zu mir zurückzukehren, diese Rückkehr ermöglichen.
Diesen Wert behält das Kästchen aber nur so lange, als es
uneröffnet bleibt. Also beachte wohl! Laß dich nie durch
sträfliche Neugierde und durch sonst irgend welche
Umstände verleiten, jemals das Band, das das Kästchen
verschlossen hält, zu lösen und den Deckel zu lüften; es
wäre dein Tod und nie fändest du den Weg zu mir. Willst du
zu mir zurück, so gehe mit dem verschlossenen Kästchen an
den Strand und rufe meinen Namen, so werde ich dir eine
meiner Dienerinnen senden, die dich hergeleitet. Also
beherzige meine Worte und laß das Kästchen geschlossen,
dein Leben liegt darin. Und nun lebe wohl!"

Sie küßte ihn auf die Stirne und geleitete ihn bis zum Tore.
Hier stand die Schildkröte bereit, die Urashima bestieg. In
kurzer Zeit war sie mit ihm am Strande, wo sie ihn verließ.
Mit dem Kästchen unterm Arm wollte er schnell seinem
Dörfchen zuwandern, blieb aber auf seinem Wege wiederholt
stehen; denn es kam ihm alles, der Strand, der Weg, die
Bäume und Felder etwas verändert vor. Mehrmals glaubte
er, daß die Schildkröte ihn an einer verkehrten Stelle
abgeladen hätte, aber doch war ihm dieses oder jenes
wiederum bekannt, so daß er schließlich sich mit dem
Gedanken beruhigte, der siebentägige Aufenthalt auf dem
Grunde des Meeres habe seine Augen, seine Sehkraft
beeinflußt.

Als er aber endlich in seinem Dorfe ankam, da waren die
Häuser und Hütten alle verändert, auf dem Markte standen
Bäume, die er nie gesehen hatte; die Bewohner waren ihm
unbekannt und so ängstlich er auch jedem ins Gesicht
schaute, er konnte keinen Bekannten entdecken, auch die
Kinder erschienen ihm fremdartig, die auch ihn verwundert
anstarrten und ihm dann nachliefen. Er wurde ganz irre
und wußte nicht mehr, was er denken oder glauben sollte;
doch hielt ihn die Hoffnung aufrecht von den Seinen
Aufklärung über diese wunderbare Verwandlung seiner
Heimat während seiner nur siebentägigen Abwesenheit zu

erhalten. Doch je näher er zu seinem Hause kam, desto ängstlicher war ihm zu Mute und große Bangigkeit erfüllte sein Gemüt. Was wird er hören müssen?

Aber! o Schmerz! — Als er an die Stelle kam, da seine Hütte gestanden, da war sie nicht mehr vorhanden. Ein öder, wüster, mit Unkraut überwucherter Schutthaufen war der Platz seiner Geburt. Keine Spur von seinem Vater, seiner Frau, seinen Kindern, nichts von allem, was ihm lieb und teuer war, war zu sehen. Schmerzerfüllt sank er weinend zu Boden, während in einiger Entfernung die Leute und Kinder ihn umringten. Da trat aus der Menge ein gebeugter Greis hervor und näherte sich Urashima mit der Frage:

„Wer seid ihr Fremdling und wen suchet ihr hier? Was erfüllt eure Seele mit Kummer und Schmerz?"

„Mein Alter", antwortete Urashima mit schmerzbebender Stimme leise, „vor sieben Tagen verließ ich das Haus, das an dieser Stätte stand und kehrte nun zurück, finde aber nur einen Schutthaufen, ich sehe fremde Leute, fremde Gestalten und auch euch kenne ich nicht, sah euch noch nie in diesem Dorfe, sagt, was ist hier in den sieben Tagen geschehen? Wo sind mein Vater, mein Weib, meine Kinder, die ich hier zurückließ? O bitte, löst mir dieses Rätsel, reißt die Binde von meinen Augen, daß ich sehen kann!"

„Ich verstehe euch nicht, junger Mann!" entgegnete der Greis, „diese Stätte ist ein Trümmerhaufen, solange ich denken kann. Ich kenne euch nicht; wer seid ihr? Wie ist euer Name?"

„Ich bin Urashima Taro, der Fischer!" rief Urashima.

„Urashima Taro? — —" rief der Greis voller Erstaunen und wich schreckerfüllt einige Schritte zurück. „Seid ihr ein Gespenst? — ein Schattenbild? — Urashima Taro könnt ihr nicht sein! Es geht hier die Sage und ich erinnere mich aus meiner Jugendzeit, da von diesem noch oft an dunkeln Abenden erzählt wurde, dieser junge Fischer ging vor nun 700 Jahren eines Morgens aufs Meer und kehrte nicht mehr zurück. Die Gräber seiner Angehörigen könnt ihr auf dem Friedhofe noch heute sehen, allerdings zerfallen, verwittert!" —

Urashima erblaßte, „siebenhundert Jahre?" rief er verzweifelt
aus und rang die Hände. Jetzt wurde ihm alles klar. Jetzt
verstand er alles! Sieben Tage im Palaste der Königin waren
sieben Jahrhunderte. Tiefe Traurigkeit bemächtigte sich
seiner, er erzählte dem Alten mit stockender Stimme sein
Lebensschicksal, dann erhob er sich und verließ
schwankenden Schrittes wie ein Träumender das Haus; er
wandte sich wieder dem Meere zu und ließ sich dort am
Strande nieder, seine Lage bedenkend.

Tiefsinnig betrachtete er die rollenden Wogen, die
unermeßliche Fläche und schaute verlangend nach der
Schildkröte aus, daß sie ihn wieder zurückführe in das ewig
jugendliche Reich der Meereskönigin; er dachte aber in
seiner Traurigkeit nicht daran, sie zu rufen und so sah er
vergeblich nach dem Tiere aus.

Dann fiel sein Blick auf das Kästchen, das ihm die Königin
beim Abschiede gegeben hatte und das er gedankenlos
neben sich auf den Sand gelegt hatte.

„Was bedeutet dieses Kästchen?" fragte er sich. Die schöne
Königin hat zwar gesagt, es sei mein Leben darin und ich
werde es verlieren, wenn ich das Kästchen öffne. Ist dieses
Gebot aber vielleicht nur eine Probe? Enthält das Kästchen
nicht vielmehr mein Glück? Ist alles, was ich heute erlebte,
nur eine Täuschung und schwindet diese, wenn ich das
Kästchen öffne? Und selbst wenn ich sterben sollte, was
schadet es? Bin ich jetzt nicht ein Fremdling in meiner

Heimat und habe niemanden, niemanden, der mich liebt, der mich kennt? Ohne Vater, ohne Familie, ohne Bekannte, ohne Freunde bin ich schlimmer daran als ein Heimatloser; da ist mir der Tod nur ein Gewinn, er bietet mir etwas Besseres, als dieses unglückselige Leben! So sprechend, löste er langsam die Schnur, die um das Kästchen geschlungen war und öffnete ein wenig den Deckel.

Da stieg ein kleines weißes Wölkchen aus dem Kästchen empor, breitete sich dann aus, erhob sich und schwebte langsam über das Meer der Richtung zu, wo sich der Palast der Meereskönigin befand.

Laut aufschreiend sprang Urashima empor und breitete sehnsüchtig die Arme aus, aber — ein jäher heftiger Schmerz durchzuckte seinen Körper und er ließ die Arme sinken, da blickte er auf seine Hand und ein eisiger Schauer befiel ihn, die Hand, soeben noch so frisch und rosig, war welk, runzlig und knochig wie die eines Greises; nun fühlte er auch wie sein Blut erstarrte, wie es träger durch seine Adern floß, die Haut zog sich in Falten, der Herzschlag stockte, noch einmal schaute er ins Wasser, da spiegelte sich ihm ein verrunzeltes graues Greisenantlitz mit spärlich weißem Haar entgegen, sein eigenes Antlitz, vor Minuten noch in Jugendfrische, jetzt mumienhaft verändert. Mit einem Wehelaut sank er zu Boden und ein Häuflein grauen Staubes bezeichnete die Stätte, da Urashima jugendfrisch zurückgekehrt in wenigen Minuten zu Staub wurde. [4]

1. Sprich: Uraschima; Urashima = Eigenname, taro = ältester Sohn, im übertragenen Sinne etwa: der Erstgeborene, der Ältere.

2. Derartige Tierquälereien kann man noch heute tagtäglich als eine Belustigung der japanischen Jugend beobachten.

3. „sama" auch „san" = Herr, sama ist die höflichere Form als san.

4. Die Schicksale Urashima's sind urkundlich bestätigt. Die Zeit seiner Abwesenheit in der japanischen Chronik wird 477—825 n.Chr. angegeben, also 348 Jahre. In den Märchen, die verschiedenartig lauten, schwankt die Zeit zwischen 300 bis 7000 Jahre. Ich habe die mittlere Zeit gewählt, die in den neuesten japanischen Ausgaben auf 700 Jahre angegeben wird. Im Dorfe Kanagawa bei Yokohama werden heute noch das Grab und die Fischergeräte Urashima's gezeigt. Urashima ist eine der beliebtesten Märchenfiguren Japans.

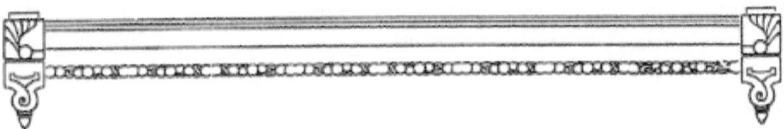

Wenn man mit Kobolden tanzt!

 n alter Zeit lebte einmal ein Landmann, der

hatte auf der rechten Wange eine große Geschwulst, groß wie eine Birne. Als dieser Landmann eines Tages in den Wald ging um Reisig zu sammeln, wurde er von einem Gewitter überrascht und flüchtete in einen hohlen Baum, wo er Schutz vor dem Regen fand. Als das Gewitter endlich aufhörte, war es Nacht geworden und der Landmann konnte den Weg nach Hause nicht finden; deshalb blieb er in der Höhlung des Baumes sitzen und erwartete den Morgen.

Im Walde aber war es sehr einsam und schaurig und der Mann konnte vor Angst und Furcht nicht schlafen. Gegen Mitternacht hörte er plötzlich Stimmen und lautes Lachen. Verwundert streckte er den Kopf hervor und sah eine Anzahl Kobolde mit den sonderbarsten Gesichtern und in verschiedener Gestalt. Diese hatten gerade in der Nähe des Baumes, in dem der Landmann saß, Platz genommen und ergötzten sich am Trunk. Als sie genug getrunken hatten, begannen sie zu singen und zu tanzen. Der Landmann, der gern tanzte und ebenso gern einen guten Trunk Sake[1] zu sich genommen hätte, konnte es in seinem Versteck nicht länger aushalten, denn die Lust der Kobolde wirkte auf ihn ansteckend.

Er kam also hervor und näherte sich den Tanzenden, die, als sie einen Menschen erblickten, erschraken und forteilen wollten. Er rief ihnen aber zu: „Bleibt nur da, ich will euch nur zeigen, wie man besser tanzt!" Und gleich darauf begann er sich lustig im Tanze zu drehen.

Die Kobolde freuten sich über sein Tanzen und versuchten es ihm nachzumachen, auch gaben sie ihm zu essen und zu trinken.

War das eine Fröhlichkeit! Sie dauerte bis der Morgen graute.

Da sprachen die Kobolde: „Du hast uns durch deine Gesellschaft hocherfreut. Komme doch auch morgen nacht wieder!"

Der Landmann sagte dies zu; aber die Kobolde wollten ein Unterpfand haben, daß er auch sicherlich käme. „Weißt du", sagten sie zu ihm, „wir werden zur Sicherheit deine Geschwulst nehmen, du kannst sie dann morgen wieder bekommen."

Damit griff der Sprecher gleich an die Wange des Mannes und nahm ihm die Geschwulst fort, ohne daß er einen Schmerz verspürte. Hierauf eilten alle lachend fort, ihm zurufend, nicht zu vergessen wieder zu kommen.

Der Landmann befühlte seine Wange, sie war ganz glatt und hatte keine Spur der Geschwulst mehr, nicht einmal eine Narbe; er war darüber außerordentlich froh und nahm sich vor, diesen Platz in Zukunft zu meiden und den Kobolden aus dem Wege zu gehen; denn er hatte gar kein Verlangen die Geschwulst wieder zu bekommen.

Er ging also zufrieden nach Hause, wo alle ihn verwundert anstaunten, daß er seine Geschwulst ohne jede Spur verloren hatte. Er erzählte dann, welches Glück ihm die Kobolde für sein Tanzen bereiteten, verschwieg aber kluger Weise, daß sie ihm die Geschwulst nur als Unterpfand für sein Wiederkommen abgenommen hatten.

Nun wohnte in dem Dorfe noch ein Landmann mit einer Geschwulst auf der Wange. Dieser hatte die Geschwulst auf der linken Seite.

Als er von dem Glück seines Nachbarn hörte, wollte auch er seiner Geschwulst los werden und ließ sich den Platz genau beschreiben, wo der erste Landmann die Kobolde getroffen hatte.

In der Nacht ging er dorthin und traf die Kobolde auch wirklich an. Er wollte aber erst hören, was sie sagten und versteckte sich daher in dieselbe Höhlung, in der in der Nacht vorher der andere Landmann gesteckt hatte.

Die Kobolde aber sprachen nicht viel, sondern schauten sich von Zeit zu Zeit erwartend um, bis endlich einer sagte: „Unser Freund von gestern scheint heute nicht zu kommen!"

Als dies der Landmann hörte, sprang er tanzend hervor und rief: „Da bin ich schon!"

Nun freuten sich alle, gaben ihm zu trinken und forderten ihn dann auf wieder seine Kunst zu zeigen.

Er war aber ein ungeschickter Tänzer; auch konnte er nicht

viel Sake vertragen, sodaß sein Tanz noch ungeschickter war und er steif und torkelnd umherhopste. Es war den Kobolden kein Vergnügen, dem Manne zuzuschauen und so riefen sie: „Du bist heute nicht so geschickt wie gestern und wir haben heute keine Freude an deiner Gesellschaft. Mach, daß du fort kommst und laß dich nie wieder bei uns sehen; da wir von dir keine Erinnerung wünschen, so hast du hier deine Geschwulst wieder!"

Der eine Kobold zog sie aus der Tasche und warf sie dem verdutzten Manne ins Gesicht, klitsch — klatsch — saß sie an der rechten Wange. Dann stieß man ihn fort und er mußte jetzt mit zwei Geschwülsten heimkehren. —

Das kommt davon, wenn man neidischen Sinnes das gleiche Glück besitzen will, das andere genießen!

1. Sake = aus Reis bereiteter, stark alkoholhaltiger Wein, der heiß getrunken wird.

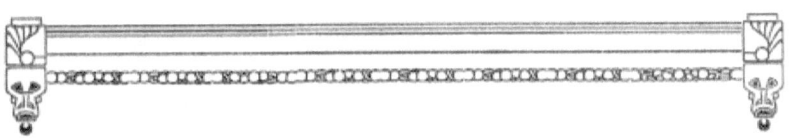

Neid bringt Leid.

Es ist schon lange, lange Zeit her! Da lebte einmal in einem kleinen Städtchen ein alter Mann. Dieser hatte in seinem ganzen Leben jedermann nur Gutes getan, war fromm und gut. Deshalb hatten ihn auch alle Leute lieb, obgleich er arm war. Gerade gegenüber dem Hause dieses guten alten Mannes wohnte ein anderer alter Mann, der sehr reich war, aber nicht gut, sondern habgierig und alles, was er sah, gern haben wollte.

Nun hatte der gute Mann leider kein Kind und keine Verwandte und er hätte ganz einsam leben müssen, was er nicht wollte; denn er wünschte auch in seinem Hause jemanden zu haben, den er lieb haben könnte und der ihn wieder liebe. Deshalb schaffte er sich ein allerliebstes kleines Hündchen an, hegte und pflegte es und hatte bald seine große Freude an dem possierlichen Tierchen, das dem Alten alle Liebe vergalt und so treu und anhänglich war, daß es nie von der Seite seines Herrn wich, sondern ihn auf allen seinen Wegen begleitete.

Eines Tages gingen der Herr und sein Hündchen spazieren und kamen an ein ödes Feld. Da bellte plötzlich das

Hündchen, eilte zu einer Stelle in der Mitte des Feldes und begann mit seinen Pfötchen heftig zu scharren, indem es seinen Herrn treuherzig bittend ansah, als wollte es sagen:

„Hier grabe nach, hier ist etwas für dich!" Der Alte verstand sein Hündchen, eilte nach Hause, holte einen Spaten und grub an der Stelle nach, die das Hündchen bezeichnet hatte und siehe da! Als der Mann ein Weilchen gegraben hatte, fand er in dem Loche einen Haufen goldener Koban [1], worüber er hocherfreut war, das Geld nach Hause trug und einen großen Teil den Armen spendete.

Trotzdem er nun reich war, blieb er freundlich und bescheiden wie bisher, hatte aber sein Hündchen noch viel, viel lieber.

Der böse Nachbar aber neidete das Glück des Alten und da er erfahren hatte, wodurch dieser zu dem Reichtum gekommen war, suchte er das Hündchen in sein Haus zu locken, damit es auch ihm Stellen zeige, wo goldene Koban verborgen wären. Aber das Hündchen folgte den Lockungen nicht und wich nie von seines Herrn Seite.

Da nun der habgierige Mensch mit List nichts erreichen konnte, wandte er Gewalt an, indem er das Hündchen, als dieses ruhig vor dem Hause saß, ergriff und in sein Haus schleppte; dann band er es mit einem Strick und führte es aufs Feld, damit es ihm vergrabene Schätze zeige. Das Hündchen scharrte auch wirklich an verschiedenen Stellen, aber immer, wenn der Mann den harten Boden aufgeschlagen und im Schweiße seines Angesichts nachgegraben hatte, fand er nichts als stinkenden Unrat, so daß er erboste, das Hündchen mit seiner Hacke erschlug und den Leichnam dem guten Alten in den Garten warf.

Der Alte war darüber sehr betrübt und begrub seinen Liebling unter einen Baum im Garten, und obgleich er wohl wußte, wer der Übeltäter war, trug er es ihm doch nicht nach, noch forderte er Sühne für die begangene Tat.

Kurze Zeit darauf erschien ihm eines Nachts das Hündchen im Traum und sagte zu ihm:

„Trauere nicht länger, mein Tod wird dir noch größeres Glück bringen, wenn du meinen Rat befolgst. Haue den Baum, unter dem ich begraben bin, um und mache dir aus dem Holze einen Reismörser [2] und Schlegel!"

Der Alte tat, wie ihm geheißen und als er den Mörser in Gebrauch nahm, welch ein Wunder! Da quoll aus dem Mörser der Mochi [3] und nahm kein Ende, bis der Alte zu stampfen aufhörte. Dieser war nun überglücklich; denn er brauchte keinen Reis mehr zu kaufen und konnte überdies den Armen des Ortes reichlich abgeben.

Dem bösen Nachbar aber, dem dieses neue Glück seines Gegenübers zu Ohren kam, ließ es keine Ruhe; er wollte und mußte den Mörser haben. Deshalb ging er zu dem Alten und bat, er möge ihm doch den Mörser wenigstens einmal, nur auf einen Tag leihen, er bringe ihn gewiß am andern Morgen zurück. Der Alte war gutmütig genug dem Manne zu glauben und ihm den Mörser zu leihen, den dieser hocherfreut in sein Haus trug, ihn bis obenan mit Reis füllte und dann zu stampfen anfing. Aber o Graus! Anstatt schöner Mochi quoll ekelerregender Kot hervor und erfüllte mit seinem Gestank das ganze Haus. Da ergriff der schlechte Mann eine Axt, hieb den Mörser samt Schlegel in viele Stücke und verbrannte diese zu Asche.

Aber auch ob dieser neuen Bosheit ergrimmte der seines Mörsers beraubte Alte nicht, sondern folgte dem Rate seines toten Hündchens, das ihm wieder im Traum erschienen war, und holte sich die Asche von dem Mörser aus dem Hause seines Nachbars und bewahrte sie in einem Gefäße sorgfältig auf.

Da kam eines Tages im Spätherbst, als alle Bäume und
Sträucher kahl waren, der Daimyo[4] mit seinem Gefolge
angeritten und mußte am Hause unseres guten Alten, das
an der Landstraße lag, vorüber. Der Alte ergriff nun schnell
einige Hände voll von der Asche, kletterte auf einen am
Wege stehenden Kirschbaum, und gerade als der Daimyo
darunter war, streute er die Asche aus. Der Daimyo und sein
Gefolge waren im ersten Augenblick starr vor Schreck, dann
ergriff sie der Zorn ob solcher Freveltat und sie wollten den
Alten ergreifen.

Aber, welch Entzücken erfaßte alle! Überall, wohin die Asche geflogen war, grünte und blühte es, die Äste und Zweige waren voller Blätter und Blüten und anstatt der Asche rieselte ein feiner Regen lichter Kirschblüten auf den Daimyo und sein Gefolge nieder. Alles schrie vor Freude über solch ein Wunder laut auf und die den Alten soeben noch züchtigen wollten, umarmten ihn und priesen seine Wundertat.

Der Daimyo war gerührt von solcher sinnigen Aufmerksamkeit und machte dem Alten reiche Geschenke; auch schickte er ihm, als er die Geschichte des Hündchens gehört hatte, ein anderes allerliebstes Hündchen.

Der böse Nachbar aber barst fast vor Neid und Zorn; trotzdem aber ging er wieder zu dem gutmütigen Manne und fragte ihn, ob er noch etwas Asche übrig hätte, er möge ihm doch ein wenig geben, was der Alte auch tat.

Als der schlechte Mann nun einmal hörte, daß der Daimyo mit seinem Gefolge wieder des Weges kam, hatte er nichts eiligeres zu tun, als die geschenkt erhaltene Asche zu nehmen und damit ebenfalls auf einen Baum zu klettern. Als der Daimyo dann unter dem Baum vorbeiritt, streute der Mensch wirklich die Asche über ihn aus, aber kein Blatt und keine Blüte zeigte sich, sondern die Asche blieb Asche und flog dem Daimyo und seinen Leuten in Augen, Ohren, Nase und Mund, so daß ein jeder sich voller Zorn auf den Übeltäter stürzte, ihn gehörig durchprügelte, dann in Ketten legte und ins Gefängnis steckte, wo er nach langen großen Schmerzen verstarb. — So ergehe es allen Neidern und Habgierigen, die dem Nächsten sein Glück nicht gönnen und es an sich reißen möchten, anstatt sich über das Glück des Nachbars mit diesem zu freuen!

1. Koban = Altjapanische Goldmünzen. Diese Goldmünzen hatten länglichrunde Form, waren ohne Inschrift und wurden 1588 zum ersten Male in Japan, unter Hideyoshi, geprägt und ausgegeben.

2. Großes Holzgefäß zum Reis stampfen.

3. Mochi = sprich Mo-tschi, zu einem zähen Brei

zerstampfter Reis, der zu Kuchen (Reiskuchen) verwendet wird. Diese Kuchen heißen Mochigwashi (Mochi-gwashi).

4. Daimyo = Fürst.

Der schlaue Polizist. [1]

Der frühere Kaiser von Korea hatte sich eine Geheimpolizei eingerichtet, die für Ruhe und Ordnung in der Stadt sorgen mußte und Räubereien und Diebstahl verhindern sollte. Aber wie das oft so ist. Die Verbrechen wollten kein Ende nehmen und der Kaiser war recht ärgerlich. Er ließ sich den Obersten der Polizei kommen und machte ihm Vorwürfe. Der Oberste aber verteidigte seine Leute und sagte, sie seien alle tüchtig und geschickt.

Da meinte der Kaiser, nur der sei ein geschickter Polizist, der alle Schliche und Listen der Diebe kenne und solche selbst anwenden könne. Er werde die Leute auf die Probe stellen. Sie sollen sich alle am anderen Morgen im Palaste einfinden.

Als am Morgen die Polizisten alle in der Vorhalle des Palastes versammelt waren, erschien der Kaiser, in der Hand einen seidenen Beutel haltend. Diesen Beutel füllte der Kaiser mit Gold und ließ ihn mitten an der Decke der Halle aufhängen, so hoch, daß ihn niemand mit der Hand erreichen konnte.

Dann sagte der Kaiser:

„Hier hängt der Beutel mit Gold. Er bleibt drei Tage lang

hängen. Eine Wache wird stets dabei sein. Gelingt es einem von euch diesen Beutel binnen der drei Tage zu entfernen, ohne daß jemand es bemerkt, so gehört ihm der Beutel samt Inhalt und ihr alle sollt fernerhin in meinen Diensten bleiben. Gelingt aber keinem von euch die Aufgabe, so jage ich euch alle zum Teufel!"

Da war allgemeines Köpfeschütteln und tief betrübt gingen die Polizisten heim; denn es schien unmöglich den Beutel zu entfernen, weil der Kaiser eine Wache von vier Mann aufgestellt hatte, die den Beutel Tag und Nacht bewachen mußte. Für Nachlässigkeit war der Wache mit Kopfabschlagen gedroht.

So kam der dritte Tag heran; der Beutel aber hing noch unberührt an der Decke und die Polizisten erwarteten ihre Entlassung. Da meldete sich zum Erstaunen aller einer der jüngsten Leute und erklärte, er wolle es versuchen aber er müsse noch mindestens zwei Tage Zeit haben.

Er wurde zum Kaiser geführt; dieser lachte den jungen Menschen aus und sagte: „Auch wenn ich euch zehn Wochen Zeit gebe, das Kunststück gelingt euch doch nicht!"

„Das mag stimmen!" erwiderte dieser, „und ich glaube selbst, daß nur ein Wunder uns helfen kann, aber vielleicht tritt ein solches Wunder in den zwei Tagen ein!" Dem Kaiser gefiel diese kecke Antwort. „Gut, so soll es sein! Diese zwei Tage seien euch noch gewährt!" entschied er.

Der junge Polizist betrachtete sich in der Halle den Beutel ganz genau und prägte sich alles fest ins Gedächtnis; dann eilte er nach Hause und fertigte sich einen ganz gleichen Beutel, den er mit kleinen Steinchen füllte.

Am zweiten Tage nahm er diesen Beutel, steckte ihn in den Ärmel seiner Jacke und ließ sich beim Kaiser melden, dieser empfing ihn und fragte, ob das Wunder schon geschehen sei.

Der Polizist bat hierauf den Kaiser sich den Beutel einmal ansehen zu dürfen, dieser genehmigte es und ging selbst mit zur Halle, wo der Beutel noch immer hing, bewacht von vier Soldaten.

Nachdem er sich den Beutel ein Weilchen von allen Seiten

angesehen hatte, fragte er, ob es gestattet sei den Beutel in die Hand zu nehmen. Auch das genehmigte der Kaiser. Der Polizist holte hierauf eine Bank, stellte sich darauf und nahm den Beutel vom Haken, sah ihn sich wieder an und steckte ihn in den Ärmel, indem er sagte:

„Auf diese Weise würde es gehen!"

Der Kaiser erwiderte lachend: „So ginge es wohl, ist aber nicht erlaubt. Der Beutel soll fortgenommen werden, ohne daß es jemand weiß. Hänge ihn also nur ruhig wieder an die Decke und gib zu, daß auch du ihn nicht ausführen kannst!"

Der Andre machte scheinbar ein trauriges Gesicht, zog seufzend den Beutel wieder hervor und hängte ihn auf. Er hatte aber nicht den Beutel mit dem Golde genommen, sondern ihn im Ärmel mit dem von ihm vorbereiteten und mit Steinen gefüllten Beutel vertauscht und diesen aufgehangen, während er den echten Beutel im Ärmel behielt und sich mit diesem entfernte, indem er dem Kaiser versicherte, er hoffe bis zum anderen Morgen doch das Kunststück ausführen zu können.

Der Kaiser ließ daher für diese Nacht die Wache verdoppeln; auch mußte die Halle so hell erleuchtet werden, daß der Beutel stets zu sehen war.

Der nächste Tag kam und auf Befehl des Kaisers mußten sich alle Polizisten in der Halle versammeln um, wie der Kaiser beabsichtigte, sie für immer ihres Dienstes zu entlassen. Er herrschte die Leute denn auch recht unfreundlich an und wandte sich dann an jenen jungen Polizisten, indem er ihn höhnisch fragte, ob das Wunder geschehen sei.

„Ich glaube ja!", erwiderte dieser.

„Er ist total verrückt oder unverschämt frech!" rief da der Kaiser. „Glaubt er denn, ich kann nicht sehen? Da hängt doch der Beutel!"

„Ich sehe," erwiderte der Gescholtene, „daß dort wohl ein Beutel hängt, ob es aber der wirkliche ist, möchte ich bezweifeln!"

„Das ist denn doch zu stark!" schrie der Kaiser. „Holt den

Beutel herunter und bringt ihn her!" befahl er der Wache.

Der Beutel wurde abgenommen und dem Kaiser gebracht, der ihn öffnete, aber ein ganz verwundertes Gesicht machte, als er nur Steine in dem Beutel fand und beim genaueren Sehen erkannte, daß es gar nicht der frühere Beutel war.

„Kerl, wie hat er das fertig gebracht?" fragte er den listigen Mann. Dieser erzählte, wie er einen gleichen Beutel angefertigt und diesen dann in des Kaisers Gegenwart vertauscht habe.

„Bist ein verteufelt schlauer Bursche!" sagte dann der Kaiser. „Und da du mir der Klügste von allen zu sein scheinst, sollst du deren Oberster sein und ich will sie nicht entlassen. Sorge dafür, daß deine Leute ihre Pflicht tun und dir nacheifern!" Und so geschah es!

1. Koreanischen Ursprungs. Wurde deshalb in diese Sammlung mit aufgenommen, da Korea 1910 Japan einverleibt wurde und jetzt unter dem Namen „Chosen" eine japanische Provinz ist. Obige Erzählung erinnert an den „listigen Dieb" aus „1001 Nacht."

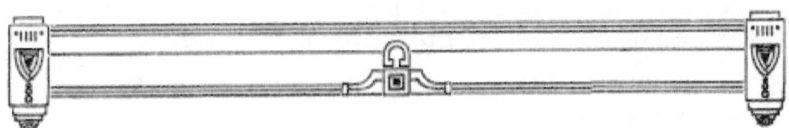

Der Abt des Klosters Yakushi.

ei Nara auf der Straße nach Osaka liegt ein altes Kloster, das heute allgemein unter dem Namen Nishi no Kiyo [1] bekannt ist, obgleich sein alter wirklicher Name „Yakushi-ji" [2] ist.

Einst war in diesem Kloster ein frommer, gottesfürchtiger Abt, der sich bemühte, durch seinen Lebenswandel allen ein gutes Beispiel zu geben; er sammelte keine Reichtümer an, sondern verteilte die dem Kloster gemachten Geschenke und Gaben wieder an die Armen und behielt keinen Sen für sich. So hoffte er, wenn seine Todesstunde nahe, als gerechter Diener in Buddha's Paradies einziehen zu können. Als aber diese Stunde kam und er gottergeben des Boten Buddha's harrte, der ihn abrufen sollte, da sah er nicht diesen, sondern einen feurigen Wagen nahen, der von allerlei buntfarbigen Höllengeistern gezogen wurde. Der Abt war aufs tiefste erschrocken und bat um Auskunft, was er, der sich keines Unrechts bewußt war, Böses begangen habe, da anstatt Buddhas Bote Diener der Hölle kämen. Die Antwort lautete:

„Du hast vor vielen Jahren eine Maß Reis aus dem Klostereigentum für dich entnommen und bis heute noch nicht zurückgegeben. Dieser Sünde wegen harret deiner die Hölle!"

Der Abt bat, ihm noch Zeit zu gönnen, diese von ihm längst vergessene Schuld, der er keine Bedeutung beigelegt habe, tilgen zu können. Diese Bitte wurde ihm gewährt.

Er rief hierauf alle Klosterbrüder und Schüler des Klosters an sein Lager, erzählte ihnen die Gefahr, in der er wegen der geringen unbedachten Schuld geschwebt habe und sagte: „Nehmet alle meine geringe Habe, veräußert sie und gebet den Erlös zum Klostergute, auf daß meine Schuld getilgt werde und ich in Frieden sterben kann. Euch alle aber ermahne ich, laßt diese Lehre nie aus eurem Herzen schwinden, denn wenn mir schon einer einzigen Maß Reis wegen die Hölle drohte, wie mag es denen erst ergehen, die sich bewußt am Klostergute vergreifen und Reichtümer zur Lust und zum Wohlleben aufsammeln!"

Nachdem er dies gesagt hatte, legte er sich zurück, seine Lippen murmelten: „Der Friedensbote naht!" „Namida Butsu — Heiliger Buddha hilf!" Ein Lächeln verklärte sein Gesicht, er war tot, eingegangen in das Paradies als getreuer Diener des Herrn.

1. Hort des Westens, Nishi-Welt.

2. Yakushi = Name des Heilgottes, ji = Kloster. Dieses Kloster befand sich früher im westlichen Teile der Stadt. Da letztere heute teilweise zerfallen und viel von ihrer Größe und ihrem Umfang verloren hat, ist die Lage des Klosters jetzt außerhalb der Stadt an der Landstraße.

List geht über Gewalt. [1]

Vor vielen, vielen Jahren lebte einmal ein Holzfäller. Der ging stets in den Wald, um Bäume zu fällen. Als er einmal wieder im Walde war, hörte er plötzlich ein dumpfes Brüllen, das von einem wilden Tiere zu kommen schien. Voller Angst kletterte er auf einen Baum und versteckte sich dort. Da das Brüllen andauerte, aber nicht näher kam, so packte ihn die Neugierde zu sehen, woher es komme.

Er kletterte also wieder von dem Baum und schlich sich zu der Gegend hin, aus der das Brüllen erscholl. So kam er immer näher und sah endlich eine Raubtierfalle, in der sich ein Tiger gefangen hatte, der sich vergeblich bemühte wieder frei zu kommen und ein wütendes Brüllen ausstieß.

Als dieser den Holzfäller bemerkte, rief er ihm zu: „Was gaffst du mich an? Mache mich lieber frei und ich zeige dir einen Platz, wo viele Reichtümer verborgen sind!"

„Daß ich dumm wäre!" entgegnete der Mann. „Bist du frei, so frißt du mich auf!"

„Wenn du mich befreist, tue ich dir sicherlich nichts!" versicherte der Tiger und gab so viele schöne gute Worte, daß der Holzfäller sich bereden ließ und den Tiger befreite.

Kaum war dieser frei, so dehnte und streckte er sich, dann sah er seinen Befreier eine Weile an und sagte:

„Seit gestern steckte ich in dieser Falle und habe daher einen solchen Riesenhunger, daß ich dich fressen will. Was brauchst du Reichtümer? Einmal mußt du doch sterben und wenn ich dich fresse, erspare ich dir die Kosten des Begräbnisses."

„Hältst du so dein Wort? Ist das deine Dankbarkeit?" rief der Holzfäller.

„Ach was!" sprach der Tiger. „Mit leerem Magen fühlt man keine Dankbarkeit, erst muß ich meinen Hunger gestillt haben!" So stritten sich die Beiden eine Zeitlang, da kam ein munterer Hase angesprungen, hörte den Streit und fragte, warum der Tiger den Mann fressen wolle.

Der Tiger erzählte ihm, daß der Mann ihn zwar befreit habe, daß aber das Gefühl des Hungers stärker sei als das der Dankbarkeit.

„Ganz recht, alter Onkel!" sagte da der Hase. „Verspeise den Mann mit gutem Appetit, wenn er so dumm war, euch zu befreien; denn bei euch Großen kommt immer zuerst der Magen und dann alles andere. — Aber, was sehe ich! Aus diesem Dinge konntet ihr euch bei eurer Stärke nicht selbst befreien?" sprach der Hase ganz erstaunt weiter, indem er die Falle betrachtete. „Ich glaube, alter Onkel, ihr flunkert!"

„Ich flunkern?" rief ärgerlich werdend der Tiger und rannte wieder in die Falle, dem Hasen zeigend, wie er gefangen wurde. „Seht! so ging ich, ohne zu beachten, was es ist, hier in die Falle!"

„Schön, schön! nun möchte ich aber auch gern sehen, wie es der Mensch gemacht hat, euch zu befreien, werter Onkel!" lachte der Hase, sprang auf die Falle, löste flink den Riegel, so daß die Falle sich schloß und der Tiger wieder gefangen war.

„So!" sagte der Hase zum Holzfäller, „wenn es euch nun
beliebt, den alten Sünder da drinnen wieder zu befreien,
mag er euch mit vollem Recht verspeisen; ich aber will nicht
dabei sein!" So sprechend machte er ein Männchen und
sprang lustig in den Wald hinein.

Der Holzfäller, froh sein Leben gerettet zu sehen, hütete sich
natürlich, den Tiger zum zweiten Male zu befreien und eilte
frohgemut zu seiner Arbeitsstätte zurück, verfolgt von dem
wütenden Gebrüll des überlisteten alten Räubers.

So kommt man mit List weiter als mit Gewalt und wer mehr
seinem Magen folgt als seinem Verstande, geht meistens
zugrunde.

1. Koreanische Fabel. Vergl. Anmerkung zu „der
schlaue Polizist" Seite 27.

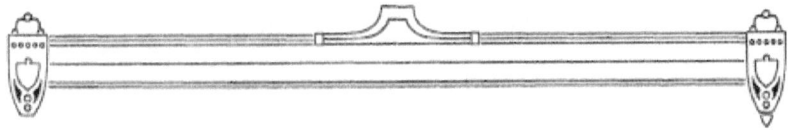

Die Kröte von Osaka
und die von Kyoto.

n Kyoto wohnte einmal eine Kröte, die sehr reich und gelehrt war. Einmal hörte sie von Naniwa [1] und den dortigen Kunstschätzen sprechen und sie bekam den Wunsch diese einmal zu sehen.

Eines schönen Frühlingstages machte sie sich denn auch auf die Reise, die sie aber zu Fuß unternahm, weil man bei einer Fußreise mehr sehen und erfahren kann.

So wanderte sie denn von Kyoto den Weg entlang, der nach Osaka führt und kam über Myosin und Yamasaki bei Hishi Kaido, wo der berühmte Berg Tenno ist, über den der Weg führt.

Da der Tenno yama [2] in der Mitte zwischen Kyoto und Osaka liegt, so beschloß die Kröte, als sie mit Mühe und Not die Berghöhe erklettert hatte Rast zu machen.

Nun wohnte aber auch in Osaka eine Kröte, die zur gleichen Zeit den Wunsch hatte, Kyoto zu sehen; auch diese machte sich auf den Weg und kam nach vieler Mühe über Tokatsuki ebenfalls auf dem Gipfel des Tennoyama an, wo sie mit ihrer Kollegin aus Osaka zusammentraf.

Beide Kröten begrüßten sich, wie es bei solch hohen Herrschaften üblich ist, mit vielen Verbeugungen und besprachen ihre Reise.

Schließlich sagten sie: „Wir haben hier erst die Hälfte unserer Reise hinter uns und die andere Hälfte noch vor uns. Aber unsere Beine und Hüften schmerzen uns und drücken uns nieder. Da wir von hier Osaka und Kyoto sehen können, so wollen wir uns auf unsere fünf Zehen stellen und jede den Ort betrachten, wo wir hin wollten. Auf diese Weise vermeiden wir weitere Anstrengung und Schmerzen!"

So taten sie.

Die Kröte von Osaka wendete den Kopf nach Kyoto, die von Kyoto nach Osaka, dann richteten sie sich auf ihren Hinterfüßen auf und betrachteten aufmerksam die betreffende Stadt.

Da nun aber die Kröten ihre Augen oben auf dem Kopfe haben, (woran die beiden nicht dachten), so schauen sie, wenn sie sich emporrichten stets rückwärts. Und so kam es, daß die Kröte von Osaka nicht Kyoto sondern Osaka und die andere gleichfalls nicht Osaka sondern Kyoto sah, jede also die Stadt, von der sie hergekommen war.

Als sie genug geschaut hatten, sagte die Kröte von Kyoto: „Ich habe gehört, daß Osaka eine berühmte Kunststadt sein soll; aber ich sehe, sie ist gar nicht anders als Kyoto. Da ist es besser gleich heimzukehren!"

Auch die Kröte von Osaka sagte, indem sie eine verächtliche Grimasse schnitt: „Und ich hörte, daß die Hauptstadt [3] die schönste Stadt des Landes sei und einer Blume gleiche; jetzt sehe ich aber, daß sie vollständig Osaka gleicht. Da kehre ich auch um und gehe heim!"

Sie begrüßten sich gegenseitig zum Abschied und gingen eine jede in ihre Heimatstadt zurück.

Wir können an diesem Beispiel lernen, daß oft ein falsches Urteil gefällt wird, weil man seine Augen nicht richtig benutzt und nicht weiß, wo man sie hat. Daher ergeht es vielen Menschen so wie diesen Kröten.

1. Naniwa = altjapanischer Name für Osaka.

2. Tennoyama = Berg Tenno, Tenno = Name, yama = Berg.

3. Kyoto war von 794 bis 1869 die Hauptstadt Japans.

46

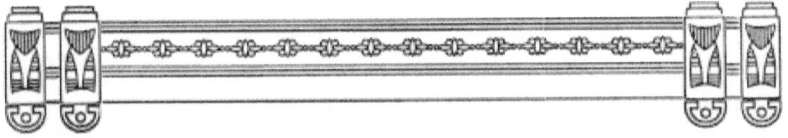

Der Affe und der Sake. [1]

Es wollte einmal ein Jäger einen Affen fangen. Da aber die Affen sehr schlaue Tiere sind, gelang es ihm lange Zeit nicht einen zu fangen.

Da fiel ihm plötzlich eine List ein. Er nahm eine große Schüssel, füllte sie bis obenan mit Sake und stellte sie etwas entfernt vom Rande des Waldes auf.

Der Affe hatte, hinter den Blättern eines Baumes versteckt, dem Jäger zugeschaut und als dieser sich entfernt hatte, sprang er vom Baume und wollte sehen, was in der Schüssel sei.

Er roch, daß es Sake sei.

„Aha!" dachte er, „ich soll den Sake trinken und wenn ich betrunken bin, will mich der Jäger fangen. Aber ich bin klüger als er denkt und werde von dem Sake nichts

47

trinken."

Damit ging er zurück, blieb aber nach einem Weilchen stehen; denn der Sake roch doch zu lieblich und verführerisch.

„Was kann es schaden", setzte er sein Selbstgespräch fort, „wenn ich nur davon nippe und einige Tropfen genieße! Das macht noch lange nicht betrunken. Nur vorsichtig muß ich sein und darf nicht zu viel trinken!"

Zögernd ging er wieder zurück und näherte sich der Schüssel; dann schlürfte er einige Tropfen, die ihm recht gut schmeckten.

„Ein wenig mehr kann nichts schaden!" dachte er weiter und nahm wieder einige Tropfen zu sich.

„Ah, wie das wohl tut!" sprach er mit dem Sake liebäugelnd, „nur noch einen kräftigen Schluck, dann aber sei es genug und fort von hier".

Er nahm nun einen recht großen Schluck und lief dann zum Walde zurück, aber am Rande blieb er stehen.

„Noch bin ich nicht betrunken," meinte er, „und ich merke nichts weiter als ein angenehmes Wohlgefühl. Zu stark scheint mir also der Sake nicht zu sein oder ich kann mehr vertragen, als ich dachte.

Übrigens habe ich ja auch fast gar nichts getrunken; die Schüssel ist noch nahezu voll. Also schnell nochmals hin und einen guten Zug getan."

Auch dies geschah; aber der Zug war so kräftig, daß nur noch ein kleiner Rest in der Schüssel blieb, den der Affe überlegend betrachtete und schließlich auch noch leerte; „denn dieser kleine Rest," so philosophierte er, „macht jetzt auch nichts mehr aus."

So war die Schüssel leer geworden, aber Kopf und Wangen des Affen waren voll; er konnte den Wald nicht mehr erkennen und wurde sehr müde.

Er nahm daher die Schüssel, stülpte sie um und legte sie unter seinen Kopf; dann schlief er ein, indem er noch dachte: „Was mag wohl aus dieser Geschichte jetzt werden?"

Kaum war er eingeschlafen, so kam der Jäger, band ihn und trug ihn nach Hause.

Als der Affe ausgeschlafen hatte, fand er sich in einem Käfig und hatte fürchterliche Schmerzen im Schädel.

So geht es, wenn man lüstern ist und sich nicht zu beherrschen weiß. Wer am Sake riecht, trinkt ihn dann auch.

1. Sake = Reiswein.

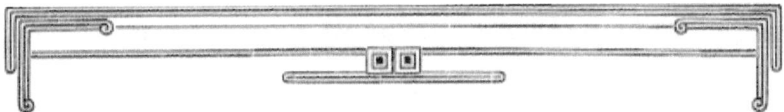

Die Auster.

Auf dem Meeresgrunde lebte einmal eine Auster. Diese hatte, wie alle Austern, sehr starke Schalen, die sie, wenn ein verdächtiges Geräusch ertönte, jedesmal fest schloß; denn dann konnte ihr, wie sie glaubte, nie etwas Böses geschehen. Die Fische im Meere beneideten sie deshalb und sagten zu ihr: „Frau Auster, Ihr habt eine schöne Festung; wenn Ihr sie schließt, seid Ihr sicher und könnt daher ein recht schönes Wohlleben führen!"

„Es ist nicht weit her," erwiderte die Auster bescheiden aber mit Stolz; „wenn ich auch vor äußerer Gefahr sicher bin, so bin ich doch nicht ohne Not; denn es ist gar zu langweilig das Leben!"

In diesem Augenblick gab es unter den Fischen eine große Unruhe und das Wasser wurde aufgerührt, flugs schloß die Auster ihre Schalen und dachte: „Ach, die armen Fische! Jedenfalls ist da wieder ein Netz oder eine Angel. Ich bin nur froh, daß ich in meiner Schale sicher bin! Ja, ja, man muß stets vorsichtig sein!"

Die Auster verhielt sich ganz ruhig; nachdem das Geräusch verstummt war, wollte sie sehen, was geschehen sei und öffnete vorsichtig die Schalen, aber o Schreck: An ihrer Schale hing ein Zettel, auf dem stand: „Diese Auster kostet 2 sen!"[1]

Sie befand sich auf dem Ladentisch eines Fischhändlers.

Hieraus kann man lernen, sich nie in Sicherheit zu wiegen und nie vor einer Gefahr die Augen zu schließen.

1. Ein Sen, jetzige japanische Münze = 2 Pfennig.

Der Sperling mit abgeschnittener Zunge.

Es lebte einmal ein altes Ehepaar. Der Mann war stets mitleidsvoll und erbarmte sich der Tiere. Er war ruhig und nie unzufrieden. Seine Frau war gerade das Gegenteil von ihm, habgierig, unzufrieden und rachsüchtig.

Eines Tages fand der Mann im Garten einen jungen Sperling, der sich einen Flügel gebrochen hatte und deshalb nicht weiterfliegen konnte. Den Mann dauerte das arme

Tierchen, er nahm es daher vom Boden auf und trug es behutsam in sein Haus. Dort verband er den verletzten Flügel und bettete den Sperling in einen Vogelkorb, den er mit Watte ausgepolstert hatte.

Dank der sorgsamen Pflege, die der Mann dem Sperling angedeihen ließ, heilte der Flügel recht schnell und bald konnte das Tierchen wieder fliegen.

Einige Tage später ging der Mann früh morgens in den Wald um trockene Äste und Laub zu sammeln, damit er Feuerungsmaterial habe. Dies tat der Mann sonst täglich, hatte es aber während der Pflege des Sperlings ganz vergessen, so daß er, als er sah, daß es dem Vogel besser gehe, sich endlich wieder auf den Weg machte. Er hatte aber dem Sperling kein Futter hingesetzt, weil er glaubte, bald wieder zurück zu sein.

Den Sperling hungerte nun, und um Nahrung zu suchen, hüpfte er aus dem Körbchen und eilte vor das Haus, wo die Frau des Mannes sich gerade einen dicken Stärkekleister zurecht gemacht hatte. Den Kleister sehen und seinen Hunger stillen, war eins. Aber die Alte kam gerade hinzu, als es sich der Sperling schmecken ließ. Wütend darüber lief die Frau ins Haus, holte eine Schere; dann ergriff sie den Sperling, schnitt ihm die Zunge ab und ließ ihn fliegen, indem sie ihm nachrief: „Warte ich will dich lehren, fremder Leute Kleister zu fressen!"

Der Sperling flog schnell davon und war bald im nahen Walde verschwunden.

Als der Mann mit seiner Holzlast zurückkam und die Alte, noch immer wütend, ihm erzählte, daß der Sperling von ihrem Kleister genascht und sie ihm zur Strafe dafür die Zunge abgeschnitten habe, da ward er sehr betrübt, setzte seine Holzlast nieder und ging fort, um das arme Tierchen zu suchen. Er wanderte lange Zeit von Dorf zu Dorf, indem er überall fragte: „Habt Ihr nicht einen Sperling mit abgeschnittener Zunge gesehen?" Aber niemand hatte ihn gesehen, niemand konnte Auskunft geben.

Endlich kam er an ein dichtes Gebüsch A, vor dem ein hübscher kleiner Sperling wartete, der, als er den alten Mann sah, ihm entgegenhüpfte und sich verneigte.

51

„Ich bin der Sohn des Sperlings, den du gepflegt hast", sagte er; „ich habe beobachtet, daß du meinen Vater suchst. Sei beruhigt, mein Vater ist gesund heimgekommen und erwartet dich. Ich bin dir entgegen gekommen, um dich zu erwarten und in unser Haus zu geleiten. Also, bitte, komm und folge mir!"

Da war der Mann von Herzen froh und folgte freudig dem voranhüpfenden Sperling.

Nach einem Weilchen kamen sie an ein großes, schönes Haus, in dem viele, viele Sperlinge versammelt waren, darunter jener Sperling, den der Alte gepflegt hatte. Dieser lud ihn freundlich ein näher zu treten und ließ ihn Platz nehmen. Er sagte: „Dir braven Manne zu Ehren habe ich das heutige Fest veranstaltet. Nun iß und trink und laß es dir wohl sein; ich werde dir zeigen, daß auch ein Sperling dankbar sein kann!"

Als der Alte Platz genommen hatte, wurden ihm gebackene Fische, Fleisch, Kuchen und allerlei Leckerbissen vorgesetzt, so viel und so schön und gut wie er noch nie in seinem Leben gesehen, viel weniger denn gegessen hatte. Dazu wurde eine herrliche Musik gemacht und muntere Sperlingweibchen und Sperlingfräulein führten einen kunstvollen Tanz auf. Kurz, der alte Mann kam aus dem Staunen garnicht heraus und glaubte im Himmel zu sein, so schön erschien ihm dies alles, ihm, der bisher zwar nicht gehungert, wohl aber kümmerlich in Not und Sorge gelebt hatte.

Zum großen Leidwesen aller ging auch dieses schöne Fest, wie alles in der Welt, einmal zu Ende und der Mann verabschiedete sich unter vielen Dankesworten von den gastfreundlichen und dankbaren Sperlingen. Der Sperling aber, den der Mann gepflegt hatte, führte ihn noch in ein Zimmer und zeigte ihm zwei Lackkästen, der eine groß, der andere klein, und sagte ihm: „Damit du nicht leer nach Hause kommst, wähle dir einen dieser beiden Kästen zur Erinnerung an mich!"

Der Alte dachte, den großen zu nehmen wäre unbescheiden; „auch bin ich alt und schwach und kann den kleinen besser tragen."

Also wählte er den kleinen Kasten und nahm ihn auf den Rücken, indem er dem Sperling nochmals für alles Gute und Schöne, das er gesehen und genossen hatte, bestens dankte. Der Sperling begleitete ihn noch ein Stückchen Wegs und als er sich von dem alten Manne am Rande des Waldes verabschiedete, warnte er ihn, unterwegs den Kasten zu öffnen. Er dürfe ihn erst zu Hause öffnen. Der Alte versprach es; während er nun seines Weges dahinschritt, wurde der Kasten auf seinem Rücken immer schwerer, so daß er ihn kaum zu tragen vermochte und mehrmals in Versuchung kam, ihn abzusetzen und zu sehen, was darinnen sei; aber er gedachte der Warnung des Sperlings und schritt tapfer weiter, bis er endlich ganz erschöpft bei seinem Hause ankam. Hier empfing ihn seine Frau mit Scheltworten und hieß ihn einen Nichtstuer und Herumtreiber.

Als der Mann ihr aber erzählte, wie es ihm ergangen sei, da wurde sie sehr neugierig und beide öffneten den Kasten.

Man denke sich die Freude! Der Kasten war bis obenan mit Gold und Edelsteinen und kostbaren Dingen gefüllt. Nun hatte alle Not ein Ende. Der Alte mußte nochmals sein Erlebnis ganz genau erzählen. Als die Frau hörte, daß er von den beiden Kästen den kleineren gewählt habe, da wurde sie ganz bleich vor Ärger und Wut und schrie den Alten an: „Du bist und bleibst ein dummer Kerl! Nein solche grenzenlose Dummheit ist mir noch nie vorgekommen, einen kleinen Kasten zu nehmen, wenn du einen großen erhalten kannst. Gleich trägst du den Kasten zurück und holst den größeren!"

„Dann wäre ich wirklich dumm", erwiderte der Alte, „das, was wir jetzt haben, reicht für unser Leben aus, ja, es ist mehr als zuviel. Was sollen wir mit noch größerem Reichtum. Ich bin vollständig zufrieden und glücklich!"

Da wurde die Frau noch böser und rief: „Dann sei du es, ich will aber den großen Kasten unbedingt haben und werde ihn mir selbst holen!"

Kaum hatte sie dieses gesagt, da war sie auch schon zum Hause hinaus und auf dem Wege zum Sperlingsheim.

Am Gebüsch angekommen, stand wieder der kleine Sperling da.

„Führe mich zu deinem Vater!" herrschte sie ihn an.

„Komm!" erwiderte kurz der Sperling und hüpfte voran.

Im Sperlingsheim waren nur noch wenige Sperlinge anwesend. Der Sperling, dem die Frau die Zunge abgeschnitten hatte, empfing die Frau und sagte zu ihr: „Ich weiß schon, warum du kommst. Doch erst setze dich und erhole dich von deinem Wege!"

Sie wurde ins Haus geführt und mußte sich setzen, dann brachte man ihr allerlei Essen und Getränke in geschlossenen Schüsseln.

Als sie lüstern den Deckel von der ersten Schüssel hob, da sprang ein Frosch heraus. Dann machte sie sich an die anderen Schüsseln, aber in jeder war irgend ein Untier wie Kröten, Schlangen u. dgl. verborgen und in den Trinkgefäßen war übelriechendes Wasser, so daß sie sich mit Ekel und Entsetzen abwenden und hungrig aufstehen mußte. Hierauf wurde sie in das Zimmer geführt, wo wieder zwei Kästen standen, der eine groß, der andere klein. Ohne lange zu warten, ergriff sie den großen Kasten, nahm ihn auf den Rücken und eilte davon. Der Sperling rief ihr noch nach: „Öffne den Kasten nicht unterwegs!" „Schon gut, schon gut!" schrie die Alte zurück, ohne sich aufzuhalten; denn sie konnte ihre Begierde gar nicht verbergen.

Auf der Hälfte des Weges plagte sie die Neugier, sie mußte unbedingt wissen, wieviel in dem Kasten sei. Ihre Neugierde und Habsucht ließen es nicht zu, daß sie wartete, bis sie daheim war. An einer lichten Stelle im Walde setzte sie den Kasten ab und vor Aufregung zitternd hob sie den Deckel ab, um über den Reichtum herzufallen.

Aber mit furchtbarem Getöse flog ihr der Deckel aus den Händen und dem Kasten entstiegen eine Unzahl schrecklicher Gestalten, Gespenster, Geister, Teufel und Drachen und bedrohten die Frau, die vor Schreck auf den Rücken fiel, dann aber emporsprang und schreiend davonlief, die Schar der dem Kasten entsprungenen fürchterlichen Gestalten mit Gebrüll hinter ihr her.

Die Frau lief, was sie laufen konnte, sie hielt sich dabei die Ohren zu, um das entsetzliche Gebrüll nicht zu hören und jeden Augenblick glaubte sie, die Krallen eines der Ungetüme im Nacken zu fühlen. So rannte sie durch den Wald, stieß an Bäume und zerschlug sich die Stirne, während die Zweige sie ins Gesicht peitschten und die Dornen ihre Kleider, Füße und Hände zerrissen. Erst am Waldesrande wurde das Getöse leiser und verstummte endlich ganz, als sie erschöpft, zerschunden und zerschlagen vor ihrem Hause ankam, wo sie ohne Besinnung zusammenfiel. Ihr Mann kam heraus, trug sie ins Haus und pflegte sie. Als sie endlich wieder die Augen aufschlug und gesund wurde, da war sie ganz umgewandelt, sie war still und geduldig und sagte kein böses Wort mehr.

Darüber freute sich der Mann sehr und lebte mit seiner jetzt braven Frau noch viele, viele lange Jahre, während deren beide von ihrem Reichtum den Armen abgaben und Freunde und Beschützer der Tierwelt wurden. Die Vögel und Tiere des Waldes kamen jetzt immer gern zum Hause der alten Leute und fürchteten sich nicht mehr vor der bösen Frau, die nun vollständig von ihren bösen Leidenschaften befreit war und den Tieren gern Futter streute.

So erwies sich ein Sperling dankbar und besserte die Frau, die ihm die Zunge abgeschnitten hatte, durch den furchtbaren Schreck, den sie nie vergaß.

Die geplagte Krabbe.

In uralten Zeiten, als die Tiere noch wie die Menschen lebten, Häuser bauten und Felder bestellten, lebte einmal in einem kleinen, sauberen Häuschen eine Krabbe, dicht an einem Berge und zwar an dessen Schattenseite, weil es dort nicht zu heiß wird, sondern immer hübsch kühl und feucht bleibt, wie es die Krabben lieben. Diese Krabbe war eine fleißige und tüchtige Hausfrau, die sich mit ihrer Hände Arbeit mühselig aber redlich durchs Leben schlug, dabei ihr Häuschen stets in Ordnung hielt und so von früh bis spät beschäftigt war. Eines Tages nun hatte es sich ein Pilger im Schatten nahe bei ihrem Hause bequem gemacht und sein Mittagsmahl gehalten. Als er wieder weiter wanderte, ließ er einige kleine Reste gekochten Reises liegen und die Krabbe hatte nichts eiliger zu tun, als diese Reste in ihr Häuschen zu schaffen. Dies hatte aber ein Affe beobachtet, der ebenfalls Appetit auf Reis hatte. Er kam schnell herbei und schlug der Krabbe vor den Reis zu teilen. Die gutmütige Krabbe war dazu gern bereit, aber die Hälfte des Restes war dem Affen doch zu wenig, um seinen Appetit zu befriedigen und so schlug er vor, die Krabbe solle ihm den ganzen Rest des

Reises geben, wofür er ihr eine Hand voll Kakikerne geben wolle. Er hatte nämlich kurz vorher eine rote, saftige Kaki[1] gegessen und die Kerne aufgehoben: Man sieht, der Affe war ein schlauer Patron und dachte die Krabbe zu überlisten.

Die Krabbe ging auch auf den Tausch ein und nahm die Kakikerne in Empfang, während der Affe den Reis empfing, den er sogleich verzehrte und sich dann, die dumme Krabbe verspottend, lachend entfernte. Die Krabbe war aber gar nicht so dumm als der Affe dachte; sie wußte sehr wohl, warum sie den Tausch annahm. Nachdem sich nämlich der Affe entfernt hatte, ging sie in ihren Garten, der sich vor ihrem Häuschen befand, wählte dort eine schöne Stelle gerade am Eingange und pflanzte dort die Kerne ein, dann trug sie Wasser aus dem nahen Bache herbei und goß dieses auf die eingepflanzten Kerne. Dann sorgte sie tagtäglich, daß der Platz ungestört blieb und hatte endlich die Freude zu sehen, daß aus einem der Kerne wirklich ein Pflänzchen emporschoß.

Im Laufe der Zeit entwickelte sich aus dem zarten Pflänzchen, dank der Sorgfalt und Pflege, die die Krabbe darauf verwendete, ein recht kräftiger Kakibaum, der auch bald schöne, saftige Früchte, so süß wie Ame[2] trug, und dessen Zweige der Krabbe überdies reichlich Schatten spendeten.

So verging eine geraume Zeit. Eines schönen Tages aber spazierte unser Affe vorbei und sah mit großem Erstaunen den schönen Kakibaum voll herrlicher Früchte. Er trat näher, begrüßte die Krabbe mit ausgesuchtester Höflichkeit und fragte, wie dieser Baum hieher komme, wo doch früher nicht einmal ein Strauch war. Die Krabbe erzählte mit großer Befriedigung, daß der Baum aus einem der Kerne ersprossen sei, die sie vor Jahren von dem Affen gegen den Reis eingetauscht habe. „So, so!" meinte da der Affe, „dann wäre es ja eigentlich mein Baum und die Früchte wären ebenfalls mein Eigentum!"

„Warum nicht gar!" rief entrüstet die Krabbe; „du hast die Kerne in Tausch gegeben, ich habe sie also redlich erworben. Die Kerne waren also nicht mehr dein Eigentum, denn du hast den Reis dafür genommen. Überdies ist es nur meiner Arbeit und meiner Mühe gelungen, den Baum großzuziehen, du hast also gar keinen Anteil daran."

„Na, seid nur nicht gleich so bös!" entgegnete lachend der Affe, „ich habe ja nur einen Scherz gemacht; oder dachtet ihr, ich würde euch den schweren Baum fortschleppen? Aber, damit ich es euch sage, ich habe gerade etwas Hunger und so einige schöne Kaki hätte ich gern wieder einmal gegessen!"

Die Krabbe war schnell besänftigt, und da der Affe gar zu schön zu bitten verstand, erlaubte sie es ihm, sich selbst einige Früchte vom Baume zu holen, da sie nicht so gut klettern könne als er, der Affe. Auch mußte dieser ihr versprechen die Hälfte der reifen Früchte ihr herabzuwerfen, die andere Hälfte könne er dann verzehren oder mitnehmen. Der Affe ließ sich dies nicht zweimal sagen, sondern versprach der Krabbe ihren Wunsch zu erfüllen, und kletterte schnell am Baum empor.

Kaum war er oben, als er an sein Versprechen nicht mehr dachte, er suchte sich die schönsten Früchte aus und verspeiste sie in aller Gemütlichkeit. Die arme Krabbe wartete und wartete, aber der Affe dachte nicht daran, ihr auch nur eine Kaki hinabzuwerfen, so daß sie ihn endlich an Erfüllung seines Versprechens mahnte. Der jedoch warf ihr jetzt lachend nur die Kerne ins Gesicht und als die Krabbe darüber ärgerlich wurde und den Affen einen Schwindler, Betrüger und Dieb nannte, da riß er unreife und harte Früchte ab und schleuderte sie auf die Krabbe, die sich dem Bombardement nur durch schleunigste Flucht entziehen konnte.

Da sie nun einsah, daß sie auf diese Weise mit dem Affen
nicht fertig würde, dachte sie sich eine List aus und rief,
indem sie langsam zurückkehrte, als der Affe sich gerade
seine Taschen mit den reifsten Früchten gefüllt hatte:

„Nun laß es einmal genug sein des absonderlichen Spaßes;
daß du werfen kannst, habe ich gesehen. Man sagt aber
auch, daß ihr Affen so schöne Purzelbäume schlagen und
am Schwanze hängend euch von Zweig zu Zweig
schwingen könnt, das kannst du sicherlich nicht!"

„Was kann ich nicht, du dumme Krabbe? Ich kann keine
Purzelbäume schlagen?" schrie ganz empört der Affe. „Da

schau her, du dummes Vieh!" Dies sagend, hing er sich am Schwanze auf, schwang sich über verschiedene Zweige und machte die schönsten Bauchwellen an einem kräftigen, glatten Aste. Darauf nun hatte die Krabbe nur gewartet; denn beim Herabhängen und Schwingen waren natürlicherweise dem Affen die Früchte aus den Taschen gefallen und rollten am Boden dahin, wo sie die Krabbe schnell auflas und in ihr Häuschen in Sicherheit brachte.

Als der Affe mit seinen Turnkunststückchen fertig war und siegesbewußt der Krabbe einige Spottworte zurufen wollte, da merkte er, daß seine Taschen leer waren und sah, wie die Krabbe soeben die letzte Kaki auflas.

Voller Wut, sich überlistet zu sehen, war er mit einem Satze vom Baume, warf sich auf die Krabbe, prügelte sie windelweich und ließ sie halbtot liegen, dann machte er sich schleunigst davon. Die arme Krabbe aber schleppte sich, als der Affe verschwunden war, mühselig und unter großen Schmerzen zum Bache, wo sie ihre Wunden wusch und kühlte. Nun hatte aber die Krabbe eine Freundin, nämlich eine Wespe, die in einem alten, abgestorbenen Baume, der am Rande des Baches stand, wohnte. Diese sah, wie die Krabbe ihre Wunden wusch; sie flog herbei und fragte, was denn geschehen sei.

Die Krabbe erzählte ihr die Schandtat des Affen, worüber die Wespe sehr empört war und beschloß den Affen zu bestrafen; sie flog zu einigen anderen Freunden, erzählte denen die Geschichte weiter und hatte es endlich auch soweit gebracht, daß zwei derselben, nämlich ein Ei und ein großer, schwerer Reismörser sich mit ihr einig erklärten den Affen zu bestrafen. Zunächst aber mußte die Krabbe erst wieder gesund werden, weshalb die drei sie aufsuchten und in ihrem Leiden so vortrefflich verpflegten, daß sie bald wieder ganz hergestellt war bis auf eine kleine Lähmung im rechten Vorderbein.

Als nun die Krabbe wieder ausgehen konnte, wurde Kriegsrat gehalten. Die Krabbe, die gutmütig war und mit dem Aufhören der Schmerzen auch keine Rachegedanken mehr hatte, wollte jedoch von einer so strengen Bestrafung, wie das Töten des Affen, das die andern vorschlugen, nichts wissen. Schließlich einigte man sich dahin, daß, wenn der Affe um Verzeihung bitte und verspreche nichts Böses mehr gegen die Krabbe zu unternehmen, ihm verziehen werden solle; wenn nicht, müsse es ihm ans Leben gehen.

Die Wespe erhielt den Auftrag diesen Beschluß dem Affen zu verkünden und ihn aufzufordern, vor dem Hause der Krabbe zu erscheinen, um seine Entschuldigung vorzubringen. Sie flog, sum, sum, in den nicht zu weit entfernten Wald, wo der Affe wohnte, und hatte das Glück ihn anzutreffen. Mit lautem Summen flog sie durchs Fenster ins Zimmer, wo der Affe bei einem Fläschchen Sake[3] hockte[4].

„Was bringt ihr denn Gutes, Frau Wespe?" fragte er.

„Gutes oder Böses, wie ihr es nehmen wollt!" entgegnete die Wespe und richtete ihren Auftrag aus. Der Affe lachte: „Eure Drohung verlache ich, wie könnt ihr euch erdreisten mir mit dem Tode zu drohen, da müssen doch erst andre kommen als ihr winzigen Geschöpfe." „Seid nur nicht zu übermütig", sagte die Wespe, „so klein wir sind, haben wir doch unsre Waffen!"

„Prahle nicht, dummes Vieh!" rief der Affe ärgerlich; aber kaum hatte er das gesagt, so saß ihm die Wespe schon auf der Nase und versetzte ihm einen recht kräftigen Stich. Brüllend vor Schmerz sprang er da auf und schrie: „Ich komme, ich werde kommen!"

„Schön! das war dein Glück! Aber hüte dich vor schlechten Streichen, du entrinnst uns nicht!" Mit diesen Worten flog die Wespe davon und verkündete ihren Freunden daheim das Resultat ihrer Sendung.

Am andern Tage mußte die Krabbe sich noch krank stellen und sie legte sich auf ihr Lager sich bis zum Kopfe zudeckend, der Mörser stellte sich außen auf einen Vorsprung oberhalb der Tür, das Ei legte sich auf den Herd und die Wespe setzte sich auf den Rand eines Wasserkübels, der in einer dunkeln Ecke stand. So erwarteten alle vier den Affen. Es dauerte auch gar nicht lange, so kam er ganz furchtsam angeschlichen. Seine Nase war infolge des Wespenstiches furchtbar angeschwollen, das sah so komisch aus, daß der Mörser sich vor Lachen schüttelte und fast von seinem Platze gestürzt wäre, wenn er sich nicht schnell festgehalten hätte. Der Affe sah sich sorgfältig nach allen Seiten um; als er aber niemanden erblickte, kam er näher und spähte durch die Tür ins Zimmer, wo er die Krabbe still liegen sah. Nun kehrte sein Mut zurück und er trat keck ins Zimmer und begrüßte mit scheinheiliger Miene die Krabbe, die ganz krank und elend tat und mit leiser Stimme seinen Gruß erwiderte. Sie erwartete, daß der Affe seine Bitte um Verzeihung vorbringen werde; dem war aber sein alter Übermut wieder zurückgekehrt und er dachte gar nicht daran sich zu demütigen, vielmehr erblickte er das Ei auf dem Herde, das er schnell ergriff, indem er höhnisch lächelnd sagte: „Du also bist eins von denen, die mir ans Leben wollen? Das darf nicht ungestraft dahingehen. Deine Frechheit soll jetzt dich das Leben kosten und dabei sollst du mir noch recht schön schmecken, denn Eier esse ich zu gerne!"

„Hüte dich, Affe," rief warnend die Krabbe, „du weißt, was deiner wartet, wenn du deine bösen Streiche nicht läßt!"

„Da sieh, wie ich deine und deiner sogenannten Freunde Drohung fürchte!" sagte da der Affe und legte das Ei auf die glühenden Kohlen um es zu backen. Aber die Strafe folgte auf dem Fuße; denn als er sich auf das Ei niederbeugte um zu beobachten, wie die Schale sich durch die heiße Glut braun färbte, da platzte die Schale und die heißen Stücke flogen ihm in die Augen und verbrannten ihm das Gesicht.

Um den Schmerz zu lindern, eilte er zum Wasserkübel; aber hier wartete seiner die Wespe, die, als er sein Gesicht ins Wasser stecken wollte, unbarmherzig auf ihn losstach, so daß er vor Schmerz heulend aus dem Zimmer eilen wollte; doch, als er durch die Türe lief, sprang von oben der Mörser herunter und hieb mit seinem Schlegel auf den Affen ein; nun kam auch die Krabbe und die Wespe heraus; erstere setzte sich auf das Genick des Affen und zwickte ihn, die Wespe zog ihr Schwert und stach ihn tot. Auch das Ei hatte sich wieder erholt und schaute dem Spektakel zu.

So straften die unscheinbaren Wesen den böswilligen Affen.

Daraus folgt, daß böse Taten immer ihren Lohn finden und daß man als Rächer auch den Kleinsten nicht gering achten soll.

Nach dem Tode des Affen lebte die Krabbe noch viele, viele Jahre in Ruhe und Zufriedenheit im Schatten des Kakibaumes und wenn man sie auch nicht getötet hat, so lebt sie heute doch nicht mehr.

1. Kaki = Persimonpflaume. Diospyros Kaki hat in Japan die Größe eines Apfels und ist sehr beliebt. Wird frisch gegessen, auch getrocknet nach Feigenart.

2. Ame (Ton auf dem e) = Weizengluten. Aus Weizen bereiteter Sirup, dem Honig entsprechend.

3. Sake = Reiswein.

4. Bekanntlich sitzen die Japaner nicht auf Stühlen sondern hocken auf dem Fußboden, wie verschiedene Bilder dieses Buches zeigen.

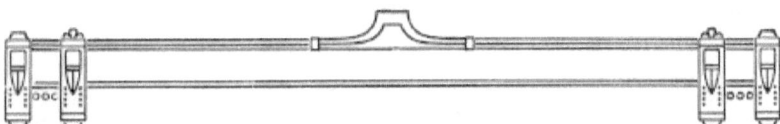

Der kluge Hase.

Eines schönen Tages schwamm der Fischkönig [1] in seinem Reiche wohlgemut umher; es war ein wunderschöner Tag und die Sonne erhellte das Wasser bis nahe auf den Grund. Da erblickte er plötzlich vor sich einen dicken, fetten Wurm, der ihm gar appetitlich erschien und da er gerade einen kleinen Hunger verspürte, so schwamm er auf den Wurm zu, schnappte nach ihm und — ein furchtbarer Schmerz durchzuckte seinen Körper, denn er saß an einer Angel, deren Haken ihm im Maule saß. Er zerrte und zerrte, und nach heftigem Kampfe und unter großen Schmerzen gelang es ihm endlich die Angelschnur zu zerreißen und in sein Schloß zu schwimmen, wo er sich auf sein Lager warf und die Leibärzte rufen ließ. Als diese am Bette des Fischkönigs standen, erzählte er ihnen sein Ungemach, wie er an der Angel festgesessen und wie es ihm endlich gelungen sei, sich durch Zerreißen der Angelschnur zu befreien und sich davor zu bewahren, daß sein königlicher Leib gewöhnlichen Zweibeinern, die man Menschen heiße, zur Speise diene.

„Aber der verdammte Haken," schloß er seine Erzählung,

„der sitzt hier fest im Halse und mir ist es unmöglich ihn zu entfernen, ich leide furchtbare Schmerzen. Wer ihn mir herausbringt, den will ich königlich belohnen." Da standen nun die Ärzte ratlos am Bette des Fischkönigs und beratschlagten, was zu tun sei.

Der König wurde ärgerlich und ließ in seinem Reiche verkünden, wer ihm den Angelhaken aus dem Halse entferne, den werde er mit königlichen Ehren versehen und reich belohnen.

Da ward eine große Bewegung im Wasser, von allen Seiten eilten die Untertanen herbei, die Großen und Würdenträger bis zu den Kleinsten, vom Walfisch bis zum Stint. Alle, alle kamen, hörten die Botschaft, aber sie schüttelten ihr Haupt, denn niemand wußte Rat, niemand konnte sagen, wie man einen Angelhaken aus dem Schlunde eines Fisches entferne.

Da meldete sich endlich eine Schildkröte, die ganz im Hintergrunde gestanden hatte. Man schob sie nach vorne und da erklärte sie, daß das beste Mittel zwei ganz frische Hasenaugen (Lichter) seien; diese müsse man auf die Stelle auflegen, wo der Haken sitze, dann würde der Haken durch die Hasenaugen herausgezogen. Die Anwesenden stimmten der Schildkröte zu, und auch den Ärzten, die den Rat mit angehört hatten, erschien er gut.

Aber wo die Hasenaugen hernehmen? Der König entschied: „Wer ein Hilfsmittel vorschlägt, hat auch für ein solches zu sorgen; geh also Schildkröte und besorge mir die Hasenaugen oder du darfst dich in meinem Reiche nicht mehr blicken lassen!"

„Gut!" sagte die Schildkröte, „ich werde Euch einen Hasen herbeischaffen, die Augen müßt ihr Ärzte selbst ihm nehmen und mir gestatten mich zu entfernen, da ich kein Blut sehen und riechen kann!"

Des waren alle zufrieden und die Schildkröte machte sich auf den Weg und freute sich schon auf die großen Ehren und Geschenke, die ihr zuteil werden würden, wenn es ihr gelinge den Hasen in des Königs Schloß zu bringen. Sie kletterte also aus dem Wasser und wanderte einem Hügel zu, auf dem, wie sie wußte, ein Hase sich niedergelassen hatte. Sie hatte Glück; denn als sie mühsam den Hügel erklettert hatte, sah sie den Hasen gerade beim Frühstück sitzen; er hatte einen prachtvollen Krautkopf vor sich, an dem er knabberte. Als der Hase das Geräusch der sich nähernden Schildkröte hörte, ließ er erschreckt den Krautkopf fallen und richtete sich auf seinen Hinterbeinen empor, um zu sehen, wer da komme. Da er aber sah, daß es nur die Schildkröte war, beruhigte er sich und begrüßte sie. „Was verschafft mir denn die Ehre Eueres Besuches, verehrte Frau Schildkröte?" fragte er.

„Nichts Besonderes, Herr Lampe!" antwortete die Schildkröte, vom Klettern noch ganz atemlos. „Man hat im Reiche des Fischkönigs die wunderschöne Aussicht gerühmt, die man von hier haben soll, und so bin ich abgesandt, festzustellen, ob dies wirklich so ist. Ihr gestattet doch, daß ich mich ein wenig umschaue!"

„Bitte, bitte!" erwiderte der Hase.

Die Schildkröte schaute hierauf nach vorn, schaute nach hinten, schaute nach rechts und schaute nach links, machte auch einige Schritte bald nach dieser, bald nach jener Seite und tat, als ob sie alles sorgfältig betrachtete, dann meinte sie: „So etwas besonders Schönes kann ich nicht sehen, da hat man diese Gegend mehr gerühmt als sie wert ist!"

„Ja, Frau Schildkröte," entgegnete der Hase, „auf dieser Seite des Hügels gibt es nichts Besonderes zu sehen, da müßt Ihr Euch schon auf die andre Seite bemühen! Kommt, ich will Euch führen!"

„Was gibt es denn auf der andern Seite des Hügels?"

„Viel, viel Besseres als hier! Hier gibt es nur Wiesen und Weiden, aber auf der andern Seite prachtvolle Kraut- und Rübenfelder, so saftig, so delikat, eine wahre Wonne!" rief der Hase.

Die Schildkröte lachte und meinte: „Ihr seht die Sache mit dem Magen anstatt mit den Augen. Doch bleibt nur, ich habe keine Lust, Kraut- und Rübenfelder zu sehen, da lob ich mir doch das Land des Fischkönigs, da gibt es alles Gute und Schöne, prachtvolle, kühle Wälder, herrliche Wiesen, Täler, Höhen und Felder, auf denen die Krautköpfe viel größer und saftiger sind als hier auf der trockenen Erde.

Und dann die Bequemlichkeit, keine Mühe und Anstrengung. Hier mußte ich um zu Euch zu gelangen, mühsam klettern, so daß ich fast den Atem verlor, während mich das Wasser überall hinträgt, wohin ich will. Und dann die Ruhe und Sicherheit dort unten, da gibt es keine Menschen und keine Jäger! Nein, wißt Ihr Herr Hase, Eure ganze schöne Gegend und die ganze Erde kann mir gestohlen werden, ich lobe mir mein Reich und will mich nur schnell wieder auf den Heimweg machen!"

„Hm, Hm!" machte der Hase und dachte ein Weilchen nach. „Hört mal, Frau Schildkröte, Ihr habt mir Eure Gegend so schön geschildert, daß ich wirklich Lust bekomme, sie einmal zu sehen; aber leider geht es nicht, denn in dem verflixten Wasser kann unsereiner ja gar nicht leben. Könntet Ihr mir nicht einen Krautkopf von da unten gelegentlich mal schicken oder mitbringen?"

„Das geht leider nicht!" entgegnete die listige Schildkröte, die bemerkte, daß der Hase Lust hatte in das Reich des Fischkönigs mitzukommen. „Unsere Krautköpfe sind so groß, daß ich auch nicht einen tragen kann. Aber, kommt doch mit mir. Das Wasser wird Euch keinerlei Umstände machen, ob Ihr in der Luft oder im Wasser lebt, ist alles gleich, das ist alles nur Gewohnheit!"

„Das mag gut und schön sein, aber ich kann nicht schwimmen!" sagte betrübt der Hase.

„Das macht nichts!" rief die Schildkröte, die kaum noch ihre Aufregung und Freude unterdrücken konnte, „wenn Ihr mit mir geht, will ich Euch gerne aus reiner Freundschaft helfen und in unser Reich bringen. Ihr steigt, wenn wir am Wasser angekommen sind, auf meinen Rücken, steckt Eure Pfoten vorne unter mein Schild und haltet Euch so fest an. Ich führe Euch dann sicher hinunter und, wenn es Euch nicht gefällt, ebenso sicher wieder zurück!"

Der Hase traute der Geschichte doch nicht so recht, er hatte eine furchtbare Angst vor dem Wasser, aber die Schildkröte stellte ihm die Reise ganz ungefährlich dar und gab ihm schließlich sogar ihr Ehrenwort, daß ihm das Wasser nicht das geringste tun werde.

Da war der Hase überwunden und er beschloß die Reise zu

wagen. Als nun beide am Rande des Wassers angekommen waren, stieg er auf den Rücken der Schildkröte und hielt sich mit seinen Vorderpfoten am Schilde der Kröte fest, die langsam ins Wasser ging. Dem Hasen wurde es doch ungemütlich, als er das kalte Wasser fühlte und als es ihm sogar über den Kopf ging, da schloß er ängstlich die Augen. Dann öffnete er sie wieder und sah nun, daß das Wasser ihm wirklich keine Beschwerde machte. Er war ganz entzückt von den Wundern unter dem Wasser, von denen er bisher keine Ahnung hatte, er sah blühende Täler mit saftigen Wiesen, grünende Felder, schimmernde Berge, bewachsen mit Rosen und anderen Blumen, die er nicht kannte.

Und dann das Leben im Wasser! Tausende von Fischen umschwärmten ihn und jubelten ihm zu. Da kamen auf einmal lange, schmale, zierliche Fische angeschwommen, denen alle andern ehrerbietig Platz machten. „Was sind das für Tiere?" fragte der Hase. „Das sind Diener des Königs!" antwortete die Schildkröte.

Als diese Fische nahe waren, machten sie dem Hasen ihr Kompliment, beglückwünschten ihn, daß er den Mut zu solcher Reise gehabt habe und erzählten ihm, daß der König von seinem Besuche gehört habe und seinen Mut bewundre. Der König wolle einen so mutigen Hasen sehen und lade ihn in sein Schloß ein.

Der Hase war ganz stolz auf solche Ehre und nahm die Einladung an. Die Fische kehrten um und schwammen voran, während die Schildkröte mit dem Hasen folgte.

Im Schlosse des Königs angelangt, stieg der Hase von seinem Sitze und wurde in das Krankenzimmer geführt, während die Schildkröte sich einstweilen aus dem Staube machte.

Im Krankenzimmer waren nur die Ärzte um den König versammelt, die den Hasen freundlich einluden auf einem prachtvollen Muschelsessel Platz zu nehmen. Dann besprachen sich die Ärzte leise, wie man wohl am leichtesten dem Hasen die Augen nehmen könne. Der Hase hatte aber gute Ohren und so hörte er mit Entsetzen dieses leise Gespräch und obwohl ihm die Haare klitschnaß am Leibe klebten, standen sie ihm doch sogleich vor Angst zu Berge.

Er verwünschte seine Neugier und überlegte, wie er sich am besten aus dieser Schlinge ziehen könne, die ihm die Schildkröte gelegt hatte. Endlich kam ihm ein Gedanke. „Hört, Ihr Herren!" rief er, „ich hörte, daß Ihr von meinen Augen sprachet. Was ist es damit, was wollt Ihr mit meinen Augen?"

Die Ärzte erklärten ihm in höflicher Weise die ganze Angelegenheit und baten, daß er, um das Leben des Königs zu retten, seine Augen freiwillig hergeben solle!

„Das ist aber dumm," sagte der Hase, der tat, als ob er nachdenke und seine Ohren hin und her bewegte, „ja, ja das ist dumm von der Schildkröte, daß sie mir das nicht gleich gesagt hat, dann wäre Eurem König jetzt schon geholfen. Ihr müßt nämlich wissen, Ihr hohen und gelehrten Herren, daß wir Hasen vier Augen haben, nämlich zwei natürliche und zwei aus Bergkristall gefertigte. Diese letzteren tragen wir, um die natürlichen Augen zu schonen, so bei staubigem oder Regenwetter, bei Sturm und Ungewitter. Da mir nun Eure Schildkröte nicht sagte, weshalb ich herkommen sollte, so steckte ich meine künstlichen Augen ein, weil ich glaubte, daß die natürlichen Augen, mit denen ich auf dem Lande sehe, hier im Wasser mir wenig nützen würden oder sogar beschädigt werden könnten. Diese natürlichen Augen habe ich daheim verborgen und es wird mir eine große Freude sein, sie Eurem König zu seiner Heilung anzubieten. Es bleibt nichts weiter übrig," fügte er scheinheilig hinzu, „als daß Ihr die Schildkröte wieder ans Land schickt und meine Augen holen lasset!" „Ja, wird denn die Schildkröte die Augen auch finden?" warf einer der Ärzte ein.

„Man muß sie fragen!" sagte ein anderer und so wurde die Schildkröte wieder gerufen. Diese kam fröhlich herbei, denn sie glaubte nun sei alles zu Ende und ihr Glück sei gemacht. Aber wie erschrak sie, als sie den Hasen ganz munter, mit seinen Augen im Kopfe auf dem Muschelsessel sitzen sah. Sie wußte nicht, was sie denken sollte und war höchst erstaunt, daß sie Scheltworte zu hören bekam, anstatt Worte des Dankes. Man machte ihr Vorwürfe, daß sie einem so liebenswürdigen Herrn nicht gleich gesagt habe, was man von ihm wolle, sie habe dadurch die Heilung des Königs verzögert.

„Das ist gut!" dachte die Schildkröte, „aber das kommt
davon her, wenn man Großen einen Dienst erweisen will.
Wie man es auch macht, richtig ist es nie!" Die Schildkröte
wurde nun gefragt, ob sie sich getraue, die Augen des
Hasen zu finden und herzubringen, wenn der Hase ihr den
Ort genau beschreibe, wo er sie verborgen habe.

Aber die Schildkröte erklärte, daß sie es wohl übernehmen
wolle, die Augen zu finden; sie aber herzubringen, das sei
für sie zu riskant, denn sie verstehe es nicht, mit so
empfindlichen Dingen, als die Augen sind, umzugehen. Am
besten sei es wohl, wenn der Hase sie selbst hole, hin und
her wolle sie den Hasen gern tragen. Das war es, was der
Hase gern wollte, er tat aber so, als ob das für ihn zuviel
verlangt sei, auch der König wurde ärgerlich und sagte:

„Ist es nicht genug, daß der Hase uns seine Augen anbietet?
Sollen wir einem so liebenswürdigen Herrn zumuten, auch
noch selbst den Weg zu machen, bloß weil Ihr Schildkröte
zu lässig waret? Nein! machet Euch sofort auf den Weg und
seht zu, wie Ihr die Augen herbringt. Eure Sache ist es, den
Fehler, den ihr begangen, wieder gut zu machen!"

Der Hase, der Angst hatte, daß man ihn wirklich da
behalten würde, nahm sich zusammen und entgegnete:

„Verzeiht, edler König! Aber ich glaube Frau Schildkröte hat
Recht. Wenn sie die Augen auch findet, fürchte ich doch,
daß sie damit nicht richtig umgeht und sie verletzt, so daß
sie für Euch ohne Nutzen sind. Erlaubt also, daß ich die
Schildkröte begleite und die Augen selbst überreiche. Dieser
kleine Weg ist keine Mühe, und selbst, wenn es Mühe wäre,
für Euch, edler König, um Euch zu helfen ist mir keine
Mühe zu groß!"

Alle waren erstaunt über solch großen Edelmut, sie
schämten sich aber auch zugleich, daß man den Hasen habe
betrügen wollen, ihn, der so großmütig war, den Weg
nochmals zu machen, nur um dem König einen Dienst
erweisen zu können. Nach langem Hin- und Herreden
wurde der Schildkröte denn schließlich befohlen, den Hasen
ans Land zu bringen und ihn ungefährdet mit den Augen
wieder zum König zu führen.

Die Schildkröte nahm also den Hasen, nachdem sich dieser höflichst verabschiedet hatte, wieder auf den Rücken und trug ihn ans Land. Dort angekommen, schüttelte der Hase das Wasser aus seinem Fell und sprach zur Schildkröte:

„Du listiges Vieh, beinahe hättest du mich überlistet, aber meine List war besser als die deine und Eure Dummheit größer als die meine. Wenn du Hasenaugen brauchst, suche sie dir nur. Ich brauche die meinen vorläufig noch für mich. Lebt also wohl und grüßet Euren König recht schön von mir!"

Sprach's, sprang auf und eilte den Hügel hinan, die verdutzte Schildkröte sprachlos zurücklassend.

Seit dieser Zeit geht der Hase einer jeden Schildkröte vorsichtig aus dem Wege und die Schildkröte lebt seitdem bald im Wasser, bald auf dem Lande, denn im Wasser fürchtet sie den Fischkönig und auf dem Lande hofft sie noch immer ein Paar Hasenaugen zu finden.

1. Gemeint ist der Karpfen, der in Japan als Sinnbild der Kraft und Stärke gilt, weil er gegen den Strom schwimmt und selbst Wasserfälle und Stromschnellen überwindet.

Maorigashima. [1]

aorigashima war einst eine blühende Insel,

deren Bewohner glücklich und zufrieden leben konnten, da alles, was man zum Leben braucht, die Insel hervorbrachte. Auch gab es dort einen vorzüglichen Ton, aus dem die Leute prachtvolle Töpfe und Schalen bereiteten, die hochbezahlt wurden. Aus diesem Grunde herrschte auf der Insel Wohlstand und Reichtum, arme Leute gab es dort überhaupt nicht.

Die Insel lag im Süden von Japan, nahe bei dem heutigen Formosa, ihr Herrscher war Pairuno, ein gottesfürchtiger und gerechter Fürst, der mit großer Betrübnis sah, wie der Reichtum und das Wohlleben die Sitten seiner Untertanen verdarb, wie diese immer mehr sich der Völlerei und dem Nichtstun ergaben und die Lehren der Götter verachteten.

Alle Mahnungen und das gute Beispiel eines gottgefälligen, redlichen Lebens des Herrschers vermochten nicht, die Bewohner von Maorigashima wieder auf den Pfad eines ehrsamen Lebenswandels zurückzubringen; im Gegenteil, die Laster nahmen überhand, selbst die Beamten, die sich bisher noch immer in Schranken gehalten hatten, ergaben sich schließlich dem lasterhaften Leben und vernachlässigten ihre Pflichten. Als Pairuno sah, daß alle seine guten Lehren nichts helfen wollten und daß ihm die Macht fehlte, gewaltsam eine Besserung der Zustände herbeizuführen, weil ja die Beamten selbst ein zügelloses Leben führten und nicht mehr gehorchten, wandte er sich an die Götter und bat diese um Hilfe und Rettung.

Eines Tages war er wieder im Tempel in inbrünstigem Gebete versunken, da hörte er eine Stimme, die ihm zuraunte:

„Das Maß der Sünden Maorigashima's ist voll und die Götter haben beschlossen, die Insel mit allen Bewohnern zu vernichten. Du allein bist ausersehen am Leben zu bleiben, um der Nachwelt den Untergang der Insel zu verkünden, auf daß andre sich daran ein Beispiel nehmen. Halte darum ein Schiff bereit, um, wenn die Stunde naht, dich dem Strafgerichte zu entziehen, das die Götter über Maorigashima und seine Bewohner verhängt haben. Weil du gerecht bist und die Götter ehrst, sollst du die Stunde des Gerichts wissen. Wenn das Antlitz der Tempelwächter, die als Bildsäulen am Eingang des Tempels stehen, rot sein werden, dann schiffe dich ein und säume nicht; solange die

Antlitze ihre weiße Farbe behalten, hat es keine Gefahr!"

Pairuno dankte den Göttern für die Offenbarung und bat diese seinen Untertanen bekannt geben zu dürfen, auf daß sich bekehren könne, wer es wolle.

Die Götter bewilligten die Bitte und gaben Pairuno die Zusicherung, daß ein Jeder, der sich freiwillig mit ihm einschiffe, verschont und gerettet sein werde. Hocherfreut ging der Herrscher in seinen Palast zurück. Er ließ alle Beamten rufen und verkündete ihnen, was ihm die Götter offenbart hatten; auch gab er Befehl, dies dem ganzen Volke bekannt zu geben.

Aber die Beamten und das Volk verlachten die Warnung und spotteten über ihren Fürsten, ja einer der Beamten schlich sich eines Nachts heimlich zum Tempel und beschmierte die Gesichter der Bildsäulen mit rotem Ton.

Als Pairuno dies am Morgen sah, glaubte er die Stunde des Strafgerichts gekommen und schiffte sich schnell mit den Seinen ein. Er forderte das Volk auf sich zu retten und bat zu ihm aufs Schiff zu kommen. Doch alle verlachten ihn und der Spötter, der in der Nacht die Gesichter der Bildsäulen beschmiert hatte, gestand seine Tat hohnlachend ein, indem er erklärte, daß nicht die Götter, sondern er die Rotfärbung vorgenommen habe.

Aber Pairuno entgegnete ernst:

> „Die Götter haben mir nicht gesagt, daß sie selbst das Weiß der Angesichter der Tempelwächter in Rot verwandeln werden, sondern sie haben mir nur gesagt, wenn das Antlitz rot sein werde, dann sei die Stunde gekommen! Rot sind jetzt die Angesichter und an den Worten der Götter soll man nicht drehen und deuteln. Wenn du Spötter den Göttern vorgegriffen hast, umso schlimmer für dich!"

Damit gab Pairuno den Befehl vom Lande abzustoßen und in angemessener Entfernung zu verharren. Kaum war das geschehen, da verfinsterte sich die Luft, ein Brausen ertönte aus der Tiefe des Meeres, dessen Wellen sich hoch auftürmten, und die Insel sank mit allem, was darauf war, auf den Meeresgrund. Dann wurde es wieder licht, das Meer lag ruhig wie immer, ein azurblauer Himmel lächelte, aber von der blühenden Insel war nichts mehr zu sehen. Pairuno fuhr nach dem Festlande und gab Kunde vom Ende Maorigashima's und seiner Bewohner.

Noch heute, wenn bei ruhigem Wetter und mondklaren Nächten Fischer über die Stätte fahren, da die Insel einst gestanden, können sie tief unten die Straßen und Häuser erkennen; manchmal geschieht es auch, daß die Netze das eine oder andere Stück der früher auf Maorigashima angefertigten kostbaren Töpferwaren, eine Vase, eine Schale oder irgend einen Topf enthalten. Solche Gegenstände sind sehr begehrt und werden hoch bezahlt, deshalb wird ein jeder Fischer glücklich gepriesen, der ein solches Stück findet. Viele hat es schon verlockt, nach solchen Gegenständen zu suchen, doch nur, wer reinen Herzens ist und den nicht die Sucht nach Reichtum treibt, den lassen die Götter einiges finden; alle übrigen aber müssen mit leeren Händen und oftmals auch mit zerrissenen Netzen heimkehren.

1. Sprich: Maurigaschima. Diese Sage erinnert an die „Vineta" Sage.

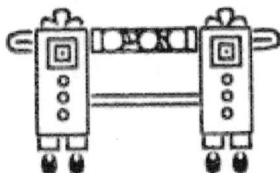

Der Hase und der Dachs.

Zwischen hohen Bergen lebte vor langen, langen Jahren ein betagtes Ehepaar, das sich durch fleißige Arbeit redlich, doch kümmerlich nährte. Der Mann ging täglich in den Wald, um Reisig zu sammeln, das er verkaufte, und aus dem Erlös bestritt er den Lebensunterhalt. Während der Mann im Walde war, kochte und wusch die Frau und machte das Haus sauber.

Im Laufe der vielen Jahre hatte der Mann die Bekanntschaft eines weißen Hasen gemacht. Die Bekanntschaft wurde immer fester und so kam es zu einer regelrechten Freundschaft. Immer, wenn sie sich trafen, unterhielten sie sich freundschaftlich über dieses und jenes, denn zu damaliger Zeit konnten die Tiere noch sprechen. An Feiertagen luden sie sich auch oft zum Essen ein und machten sich einander Geschenke.

Nun hatte aber in der Nähe der Wohnung des Hasen ein alter Dachs seinen Bau; das war ein alter Hagestolz, ein griesgrämiger Kerl und ein Geizhals dazu. Den verdroß die innige Freundschaft des Hasen mit dem Menschen und er suchte die zwei auf alle mögliche Weise auseinander zu bringen und zu entzweien. Aber alles, was er versuchte, blieb vergeblich, alle seine Niederträchtigkeiten scheiterten an der festen Freundschaft. Als nun eines Tages der Mann wieder den Hasen besuchte, brachte er ihm auch einige Süßigkeiten mit, die die Frau gebacken hatte. Als sich der Mann mit dem Hasen unterhielt und ihm die Süßigkeiten geben wollte, da hatte sich der Dachs hinzugeschlichen und sie gestohlen. Da wurden beide recht ärgerlich und beschlossen, dem Dachse endlich sein Handwerk zu legen. Sie begaben sich zu seinem Bau und trafen ihn gerade dabei die Süßigkeiten zu verzehren. Der Mann packte den Dachs schnell beim Kragen, band ihm mit einem recht festen Strick die Beine zusammen und trug ihn nach Hause.

Hier zeigte er ihn seiner Frau und sagte zu ihr: „Der Kerl hat sich durch seine Niederträchtigkeit jetzt selbst geschadet. Wir werden ihn schlachten und dann zu Mittag verspeisen!" Mit diesen Worten hing er den Dachs an einem oberen Querbalken in der Küche auf und ging nochmals in den Wald, um noch schnell etwas Reisig zur Feuerung zu holen.

Die Frau nahm während dieser Zeit ihren Reismörser und begann Reis zum Mittagessen zu stampfen. Während ihrer Arbeit hörte sie oben den Dachs stöhnen und seufzen; obwohl sie Mitleid mit dem Tiere hatte, ließ sie sich an ihrer Arbeit nicht stören und tat, als ob sie nichts gehört hätte.

Doch der Dachs hörte nicht auf zu wehklagen; denn er wollte das Mitleid der Frau erregen, weil er hoffte, sie würde ihn freilassen; als er aber sah, daß alles Lamentieren nichts half, wurde er nachdenklich und besann sich auf eine List, denn loskommen wollte er wenigstens und sei es auch nur auf eine Minute. Die Dachse können sich nämlich in jede Gestalt verwandeln, doch können sie das nur, wenn sie im freien Gebrauche ihrer Gliedmaßen sind. Gefesselt vermögen sie ihre Kunst nicht auszuüben. Darauf baute er nun seinen Plan, um nicht nur frei zu kommen, sondern sich auch zu rächen. Deshalb hörte er mit seinem Gewimmer auf und rief der Frau mit sanftmütigster Stimme zu: „Aber, liebe Frau, was quälen Sie sich denn so sehr! Das Reisstampfen ist für eine alte Frau doch zu anstrengend. Lassen Sie mich hinunter und ich will Ihnen diese Arbeit abnehmen!"

„Ich danke," erwiderte die Frau, „bleibt nur hübsch da oben, denn helfen würdet Ihr mir doch nicht, sondern auskneifen. Dann könnten wir Euch nicht zu Mittag essen und mein Mann würde zornig werden und mich schlagen!"

„Aber seid doch nicht so ängstlich," sprach der Dachs mit einschmeichelnder Stimme, „schließt doch alle Fenster und Türen, dann kann ich nicht fort. Ich verspreche Euch nicht fortzulaufen und Euer Mann braucht gar nichts davon zu erfahren, denn Ihr hängt mich hier wieder auf, wenn ich Euch geholfen habe. Glaubt es mir, ich tue es nur Euch zu lieb, weil es mir leid tut eine alte Frau sich so schwer quälen zu sehen!"

Die Frau wurde schwankend und als der Dachs bemerkte, daß seine Worte nicht ohne Erfolg blieben, redete er noch mehr schöne Worte, so daß die Frau — einfältig, wie sie war, — seinen Worten wirklich Glauben schenkte und ihn losband. Kaum war der Dachs auf dem Fußboden und frei, so stürzte er sich auf die Frau, tötete sie, nahm ihr die Kleider fort und legte sie sich selbst an, sich so in die Frau verwandelnd. Dann schnitt er von der toten Frau einige Stücke Fleisch ab, warf diese in den Mörser und vermischte sie mit dem Reis. Die übrigen Teile des Leichnams warf er hinter dem Hause auf einen Haufen. Nun kochte er ein schönes Gericht und als der Mann zurückkam, bekam er es zum Essen vorgesetzt. Der Mann glaubte natürlich, es sei seine Frau, die den Dachs während seiner Abwesenheit geschlachtet hätte. Er freute sich sehr darüber und das Essen schmeckte ihm vortrefflich, nur wunderte er sich, daß das Fleisch etwas zähe und mager war.

Er bot dem Dachs, der ihn in Gestalt der Frau bediente[1], auch etwas zum Essen an, dieser aber dankte und sagte, als der Mann alles aufgegessen hatte, zu diesem recht spöttisch:

„Nun, du armer Mann, du hast deine Frau gegessen! Pfui über dich, seine eigene Frau zu essen. Gehe hinaus, wenn du mir nicht glaubst, und schaue, was hinter dem Hause liegt!"

Damit nahm er wieder seine Gestalt als Dachs an und rannte zum Hause hinaus. Der Mann, aufs höchste erschreckt, eilte auch hinaus und erblickte hinter dem Hause den zerstückelten Leichnam seiner Frau. Er brach darüber in Tränen aus und war ganz untröstlich.

Da kam der Hase daher und vernahm die traurige Geschichte. Er tröstete den Mann, so gut er konnte und versprach den Dachs zu bestrafen und den Tod der Frau seines Freundes zu rächen.

Er nahm in der Küche etwas Miso [2] und mischte dieses mit gestoßenem rotem Pfeffer, dann kehrte er in den Wald zurück, wo er bald den Dachs traf, der sich Spreu für sein Lager gesammelt hatte. Der Hase half ihm das Bündel auf den Rücken und als der Dachs damit seinem Bau zuwanderte, zündete der Hase es flink an. Da das Bündel recht fest auf den Rücken gebunden war, was der Hase absichtlich getan hatte, so fiel es nicht eher herunter, als bis die Schnur, womit es befestigt war, durchgebrannt war, natürlich war auch der Rücken des Dachses arg verbrannt. Scheinbar hilfsbereit, sagte der Hase: „Jammere doch nicht, wie ein altes Weib. Ich habe eine gute Salbe gegen Brandwunden, halte still und laß dich einreiben!"

Der Dachs biß die Zähne zusammen und der Hase machte sich daran, den verbrannten Rücken mit dem mit rotem Pfeffer gemischten Miso einzuschmieren.

Daß er dabei nicht sanft verfuhr, kann man sich denken, ebenso, daß der Dachs seinen Schmerz nicht mehr verbeißen konnte und furchtbar zu heulen anfing, als Miso und Pfeffer in seinen Wunden zu wirken begannen.

Er erlitt höllische Schmerzen und schleppte sich mühselig in seinen Bau, wo er unter Weh und Ach auf seinem Lager zusammenbrach. „Hättest du früher gewinselt, ginge es dir heute nicht s o schlecht!" rief ihm der Hase zu, als er ihn verließ, um zu dem alten Manne zu eilen und diesem von der Bestrafung des Bösewichts Mitteilung zu machen.

Der Mann aber, der inzwischen seine Frau begraben hatte, war mit dieser Bestrafung nicht zufrieden, er verlangte den Tod des Dachses als Sühne, denn er befürchtete mit Recht, daß, wenn dieser wieder gesund sei, er noch weitere Rache nehmen würde. Dem Hasen leuchtete dies ein und er machte einen anderen Plan, um den Dachs ums Leben zu bringen: Er baute also zwei Boote, ein kleines aus Holz und ein größeres aus Ton. Nachdem diese fertig waren, besuchte er den Dachs um zu sehen, wie es ihm gehe. Bei diesem war inzwischen die Wunde etwas geheilt, aber er litt furchtbaren Hunger, hatte er doch während seines Krankseins nichts zu sich genommen. Als er den Hasen erblickte, freute er sich, denn er glaubte wirklich, daß ihm die schreckliche Salbe geholfen habe; er bat ihn, doch etwas zum essen zu besorgen. Der Hase aber erwiderte: „Ich habe leider nichts hier, aber im Flusse sah ich einige wundervolle Fische, komm mit, die wollen wir uns fangen." Obgleich der Dachs vor Hunger und Schwäche kaum gehen konnte, schleppte er sich doch bis zum Flußufer, wo die beiden Boote lagen. Der Hase fragte: „Welches willst du nehmen?" „Natürlich das große," entschied der Dachs, „ich bin einmal der Vornehmere und dann auch schwerer als du, da würde mich das kleine Boot nicht tragen!"

Damit kletterte er auch schon in das Tonboot, während der Hase, zufrieden mit seiner List, in das kleine hölzerne Boot sprang.

Sie ruderten nun beide bis in die Mitte des Flusses, doch ließ sich kein Fisch sehen, worüber der Dachs recht zornig wurde.

„Dort ist einer!" rief der Hase plötzlich. Als der Dachs sich umwendete um nach dem Fische zu schauen, da nahm der Hase sein Ruder und tat einen kräftigen Schlag nach dem andern Boote, das natürlich sofort in Stücke sprang. Der Dachs fiel laut aufschreiend ins Wasser und wollte sich durch Schwimmen retten. Aber der Hase war in seinem Boote schnell hinter ihm her und hieb mit dem Ruder auf ihn ein, bei jedem Schlage ausrufend: „Das ist für die ermordete alte Frau, das ist für die ermordete alte Frau!"

So schlug er solange auf den Dachs ein, bis dieser wirklich ganz tot war und von einigen großen Fischen, die gerade vorbeikamen, aufgefressen wurde.

Nun war der Hase fröhlich und guter Dinge, fuhr ans Ufer zurück und eilte zu seinem alten Freunde um ihm die Freudenbotschaft zu bringen.

„Der Dachs ist tot, der Dachs ist tot. Deine Frau ist gerächt!" rief er schon von weitem und erzählte, im Hause des alten Mannes angekommen, diesem, wie er den Dachs aufs Wasser gelockt, wie er das Boot zerschlagen und endlich den Bösewicht getötet habe, der nachher von den Fischen gefressen wurde. Da wurde der Mann, der bisher immer noch Furcht hatte, daß der Dachs auch ihm und dem Hasen ein Leid zufügen werde, wieder frohen Herzens. Er lud den Hasen ein mit an das Grab seiner Frau zu kommen.

Als beide am Grabe standen, rief der Mann, gleich als wenn seine Frau noch lebe:

„Liebe Frau! Du bist jetzt gerächt. Der Dachs, unser Widersacher ist tot, getötet von meinem Freund, dem weißen Hasen, hier neben mir. Wir können jetzt ohne Sorge sein, der Bösewicht wird uns nicht mehr schaden!"

Nachdem er dies gesagt hatte, machte er drei tiefe Verbeugungen [3] und ging mit dem Hasen in das Haus zurück. Hier bereitete er diesem ein Essen, so gut er es konnte und es hatte, um seine Dankbarkeit zu beweisen.

Er lud den Hasen ein doch bei ihm zu bleiben und in seinem

Hause zu wohnen, aber der Hase schlug dies dankend aus.
Er sagte, er könne nicht schlafen in einem Raume, der ein
Dach habe. Er könne nur schlafen im Freien unter dem
Dache des Himmels.

So mußte sich der alte Mann zufrieden geben und in seinem
Hause allein wohnen, aber er blieb nur wenig im Hause,
den ganzen Tag ging er in den Wald und unterhielt sich mit
dem Hasen; sie sprachen über alle möglichen Dinge, ihr
Hauptgespräch aber bildete der Dachs, der durch seinen
Neid und seine Feindschaft sich selbst ums Leben gebracht
habe. War das Wetter schlecht, so besuchte der Hase den
Mann im Hause und brachte ihm stets schöne Früchte mit.

So lebten beide in Ruhe und Frieden, in Eintracht und
Freundschaft noch viele, viele Jahre. Wann sie gestorben
sind, weiß man nicht; aber der weiße Hase hatte diese
Geschichte seinen Verwandten erzählt, und diese sie wieder
den ihren und so weiter bis auf den heutigen Tag, wo sie
niedergeschrieben und gedruckt wurde, damit sie nie
vergessen werde und sich ein Jeder erinnere, daß man sich
selbst straft, wenn man mißgünstig die Freundschaft
anderer stören will.

1. In den japanischen Familien ist es noch vielfach Sitte, daß der Mann allein ißt und von seiner Frau bedient wird. Sind Kinder vorhanden, so ißt der Mann mit den Söhnen zuerst, die Frau mit den Töchtern später.

2. Miso = Aus Bohnen, Hefe und Salz bereitete dickliche Brühe.

3. Japanische Sitte. In Japan wird jedes Familienereignis, Geburt, Verlobung, Hochzeit, Tod etc. den Ahnen der Familie verkündet.

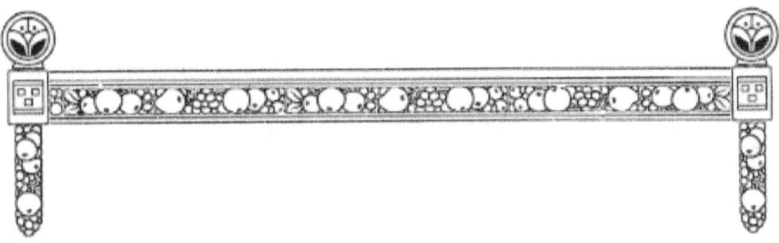

Schlauheit schützt nicht vor Täuschung.

Im japanischen Meere lebt ein giftiger Fisch, der den Namen Fugu [1] hat. Einen solchen Fisch hatte einst ein Mann gefangen und sich zubereitet. Schließlich kamen ihm aber doch Bedenken und er warf zunächst ein Stückchen seiner Katze hin. Diese ergriff es und eilte damit davon. Der

Mann lief ihr nach um zu sehen, ob es ihr etwas schade. Die Katze aber war unter einen Holzhaufen gekrochen und kam nach einem Weilchen wieder ganz munter hervor.

Nun dachte der Mann, daß die Katze das Stück Fisch ohne Schaden zu sich genommen habe. Wenn ein so schlaues Tier, wie eine Katze, einen Fisch, der für giftig gehalten wird, nicht verabscheue, sondern unbedenklich verzehre, dann könne er es auch tun; er setzte sich hin und aß mit großem Behagen das Fischgericht. Die Katze aber war wirklich ein schlaues Tier; denn auch ihr waren Bedenken gekommen und sie hatte deshalb das Stück Fisch vorläufig versteckt um erst zu sehen, ob ihr Herr vom Fische genieße. Als sie nun sah, daß er ihn mit gutem Appetit verzehrte, da lief auch sie zurück und ließ es sich schmecken. Aber die Folgen blieben nicht aus. Das Gift fing bald an zu wirken und Herr und Katze starben unter großen Qualen. So sieht man, wie sich selbst der Schlaueste manchmal täuschen läßt.

1. Fugu, ein stachlicher Fisch zur Gattung der Tetrodon gehörig; das Fleisch dieses Fisches ist giftig und daher ungenießbar. Er wird nur gefangen um als Düngemittel verwendet zu werden.

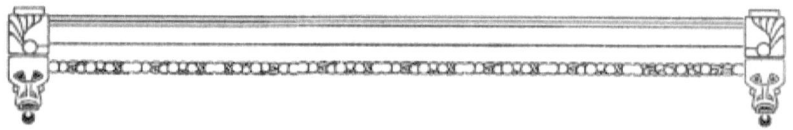

Der bedächtige Reiher.

in Reiher spazierte am frühen Morgen im Teiche gravitätisch auf und ab; er hatte Hunger und suchte sich Beute. Da sah er plötzlich einen zierlichen Aal sich durch das klare Wasser schlängeln; auch ein munteres Fischlein kam herbeigeschwommen und endlich hüpfte ein Frosch auf ein großes Lotosblatt und stimmte seinen Morgengesang an.

„Hei!" dachte der Reiher, „das ist reiche Beute! Aber welchen von den dreien nehme ich zuerst?"

Nachdenkend neigte er seinen Kopf, aber während er überlegte, hatten die drei Tierlein ihren gefährlichen Feind erblickt.

Der Frosch war mit einem Satz im Wasser verschwunden; das Fischlein tauchte schnell unter und schwamm davon und der Aal verkroch sich im tiefsten Schlamm.

Da stand nun der Reiher, als er sich entschieden hatte, wieder einsam, die sichere Beute war verschwunden und neue wollte sich nicht zeigen. Er steht noch heute nachdenklich im Teiche und wartet noch immer. So geht es allen zu Bedächtigen, die über dem Überlegen das Handeln vergessen.

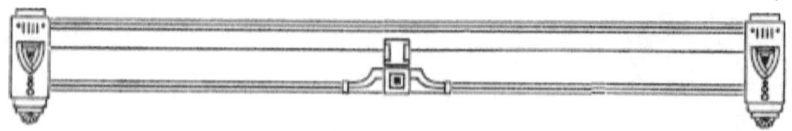

Belohnte Kindesliebe.

or ungefähr zweihundert Jahren lebte in der zwischen Inaba und Harima gelegenen Provinz Mino nahe beim Städtchen Tarni ein Holzhacker, der nur einen Sohn hatte. Beide waren sehr arm und mußten täglich ins Gebirge, um durch Holzhauen ihr Brot mühsam und spärlich zu verdienen. Solange beide gesund und kräftig waren, gelang es ihnen auch ihren Lebensunterhalt zu gewinnen. Aber der Vater wurde immer älter und immer steifer und ungelenkiger wurden seine Glieder, sodaß schließlich der Sohn allein in den Wald gehen mußte, während der Alte daheim blieb. Dem jungen Manne machte dies keine große Sorge; kräftig und rüstig, wie er war, arbeitete er umso fleißiger und war glücklich, wenn er außer der täglichen Nahrung noch einige Sen [1] mehr verdient hatte, um seinem alten Vater ein Fläschchen Sake [2] kaufen zu können, den dieser leidenschaftlich gern trank und der ihm auch wohltat und ihn kräftigte.

Nun kam aber einmal ein sehr kalter Winter und der Schnee bedeckte bis spät in den Frühling Feld und Flur und machte die Wege ungangbar, sodaß der junge Holzhauer nur einen kärglichen Verdienst fand und daher oftmals seinem Vater nicht den gewohnten Sake kaufen konnte. Darüber war er natürlich sehr traurig und betete oft zu den Göttern, sie möchten doch dem harten Winter ein Ende machen oder ihm anderweit Hilfe senden. Eines Tages hatte er wieder nur eine ganz kleine Last Holz in die Stadt bringen können, und der Erlös reichte nicht einmal zu dem Nötigsten, geschweige denn zu einem Fläschchen Sake für den Vater. Obgleich ihm

der Sakehändler gern auf Borg gegeben hätte, wollte der
junge Mann davon nichts wissen, denn er gedachte des
Sprichworts: „Schulden sind schlimmer als Motten im
Pelz!" [3]

So ging er denn betrübt heim und dachte während seines
Weges nur darüber nach, wie er seinem Vater eine Stärkung
verschaffen könnte. Am Fuße des Tagiyama angekommen,
hockte er sich nieder um ein Weilchen auszuruhen, aber
auch hier fand er keine Ruhe vor seinen Sorgen und so
wandte er sich wieder in inbrünstigem Gebete zu den
Göttern.

Da hörte er plötzlich ein seltsames Rauschen, Dampf stieg an
der Seite des Berges auf und ein eigentümlicher Geruch, fast
wie erwärmter Sake, erfüllte die Luft. Schnell war die
Müdigkeit des jungen Mannes verschwunden, er sprang auf
und eilte zur Stelle, wo der leichte Dampf aufstieg.

Was erblickte er da? Welches Wunder sahen seine Augen?

Dort, wo stets eine kahle Felsenstelle war, sprang jetzt ein
munterer Quell hervor und hüpfte in lustigen Sprüngen
dem Tale zu. Der junge Mann schöpfte in der hohlen Hand

etwas Wasser, das warm war, und kostete es. Welch'
eigentümlicher Geschmack! So etwas hatte er noch nie
getrunken. „Das ist ein Geschenk von Euch, o Götter!" rief
er aus und füllte, nachdem er ein Dankgebet verrichtet
hatte, seine Reiseflasche mit dem kostbaren Naß.

Frohgemut und seiner Sorge ledig, eilte er nun seinem
Heime zu, wo er seinem Vater den wundervollen Trank
verabreichte. Es war aber auch wirklich ein Wundertrank,
denn der alte Mann fühlte neue Kräfte in seinen Körper
einziehen; ja, am nächsten Tage fühlte er sich schon so weit
gekräftigt, daß er aufstehen und, auf seinen Sohn gestützt,
zur Quelle wandern konnte. „Sollte diese Gabe der Götter
nur zum Trinken sein?" fragte sich der Sohn und riet
seinem Vater in dem warmen Wasser ein Bad zu nehmen,
was dieser auch tat. Er merkte, daß nach dem Bade seine
Gliederschmerzen nachließen.

Tagtäglich wanderten nun beide zu dem wunderbaren Quell
und nach kurzer Zeit war der Alte so weit hergestellt, daß er
seinen Sohn wieder in den Wald begleiten und bei seinem
Tagwerke helfen konnte; infolgedessen waren beide von aller
Sorge befreit und konnten zufrieden und glücklich leben.

Die Kunde von dieser wunderbaren Heilung verbreitete sich
natürlich schnell und von fern und nah eilten Kranke und
Gebrechliche herbei um Heilung ihrer Leiden zu suchen
und zu finden. Selbst dem Kaiser wurde von dieser
Heilquelle berichtet, der, nachdem er sich von der Richtigkeit
überzeugt hatte, ihr den Namen Yoro [4] geben ließ, ja, er
nannte sogar die Zeitepoche von der Entstehung der Quelle
„Yoro-Zeit." [5]

Die Quelle — eine Mineralquelle — hat ihre Heilkraft bis auf
den heutigen Tag behalten. [6]

1. Japanische Kupfermünze heutiger Währung = 2
Pfg.

2. Reiswein.

3. Japanisches Sprichwort. Es ähnelt dem
deutschen „Borgen macht Sorgen!"

4. Yo = Kraft, Stärke, Pflege, ro = das Alter, Yoro =

Kräftigung oder Pflege des Alters.

5. Wie in China ist es auch in Japan Sitte, die Jahreszahl nicht ununterbrochen fortlaufend zu führen, sondern in Zeitepochen, von irgend einem besonderen Ereignis abgeleitet. So haben die Japaner jetzt nicht 1912 sondern das Jahr „45 Meiji", d.h. „Aera des wahren Friedens".

6. Der vollständige Name der Quelle ist: Yoronotaki auch Yorogataki, taki = Wasserfall, Yoro siehe oben.

Der bestrafte Tierquäler.

In Yedo [1] lebte vor Jahren ein Schirmmacher, dessen Verdienst sehr gering war, sodaß er mit Not und Sorgen zu kämpfen hatte. Auf einem Jahrmarkt sah er einmal in einer Bude einen Tiger ausgestellt und als er beobachtete, wie sich alles Volk in diese Bude drängte und der Besitzer eine gute Einnahme hatte, kam er auf den Gedanken gleichfalls auf den Märkten einen Tiger auszustellen.

Wo aber einen Tiger hernehmen? In Japan gab es keine, zum Kaufen hatte er kein Geld. Er wußte sich jedoch zu helfen. In einem Laden hatte er ein Tigerfell gesehen, dies erhandelte er; dann nahm er ein Kalb und nähte dieses in das Tigerfell. Damit es aber durch sein Blöken seine wahre Gestalt nicht verrate, band er dem Tiere das Maul zu.

Nun zog er auf die Messen und Märkte und hatte großen Zulauf, denn solch einen zahmen und friedfertigen Tiger hatte noch niemand gesehen.

Da der Verkehr in seiner Bude vom frühen Morgen bis zum späten Abend kein Ende nahm, er aber auch durch eine Pause seine Einnahmen nicht schmälern wollte, so fand er keine Zeit und Gelegenheit das arme Kalb zu füttern oder zu tränken, sodaß dasselbe nach einigen Tagen zu Grunde ging.

Da kaufte er sich ein anderes Kalb und so weiter, bis er wohl an zehn Kälber seiner Geldgier geopfert hatte. Doch die Götter schlafen nicht und rächen jede Unbill, die ihren Geschöpfen zugefügt wird.

Eines Tages wurde der Mann krank, er verlor seine Sprache und nur ein klägliches Blöken ertönte, wenn er sprechen wollte. Dann ergriff ihn der Wahnsinn; er riß seine Kleider vom Leibe, umhüllte sich mit dem Tigerfell und eilte in komischen Sprüngen und unter fortwährendem Blöken auf die Straße. Hier diente er der Jugend zum Spott, die ihn mit Steinen und Unrat bewarf. So trieb er es drei Tage lang, er konnte weder essen noch trinken und starb endlich eines elenden Todes.

Das war die Strafe der Götter für seine Tierquälerei.

1. Das heutige Tokyo.

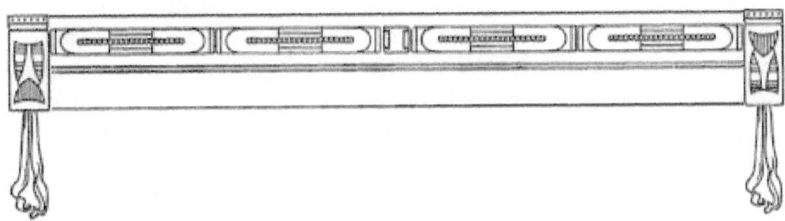

Rai-taro.[1]

Raiden, auch Rai-jin, der Donnergott, genießt in Japan große Verehrung; er ist aber sehr gefürchtet, wenn er in Begleitung von Futen, dem Sturmgeist, auftritt; denn dann tobt und heult er in den Bergen und in den Schluchten; dann kracht es in den Wäldern und die Sonne versteckt sich vor dem wütenden Heer der Sturm- und Donnergeister. Allen voran stürmt hoch oben in den Lüften, umgeben von schwarzen Wolken, Futen heran, ein behaartes grausiges Ungeheuer mit krallenbewehrten Händen und Füßen. Zwei große lange Hauer ragen aus seinem Maule, eine glatte Nase, stumpfe, kurze Ohren und tückisch blitzende Augen vervollständigen die schreckenerregende Gestalt dieses Unholds. Diesem folgt, ihm an Gestalt und Aussehen gleich, Raiden, der fünf Trommeln mit sich führt, auf die er mit einer großen Keule schlägt; zwischendurch wirft er die feurige Donnerkatze, die überall, wo sie hinfällt, Unheil anrichtet. Mit ihren glühenden Krallen zerschmettert sie Berge und zündet Bäume und Häuser an, sengt Menschen und Vieh zu Tode oder zeichnet sie für Lebenszeit. Futen trägt quer über den Schultern einen Sack, der vier Öffnungen hat und in dem die Winde stecken. Hält er den Sack geschlossen, dann herrscht Windstille auf Erden; aber die Schiffer auf dem Meere bitten ihn doch den Sack ein klein wenig zu öffnen, auf daß sie gute Fahrt haben. Macht Futen eine Öffnung ganz auf, dann bricht ein Gewittersturm heraus; wehe, dreimal wehe aber, wenn er den Sack an zwei Stellen öffnet, denn dann kommt ein Wirbelsturm daher, der alles in seinen Bereich Kommende vernichtet. Einen solchen Sturm nennt man in Japan „Tai-fu" — großer Wind — Orkan. — Und nun will ich einmal von diesen beiden Unholden ein Stücklein erzählen, aus dem man ersehen kann, daß sie nicht immer so böswillige Gesellen sind, als sie scheinen.

Hoch oben an der Nordwestküste Japans, im Nordosten vom Biwasee, ragt das ewig weiße Haupt eines der höchsten

Berge Japans stolz empor. Es ist der Hakusan [2] auch „Shirayama" genannt.

Am Fuße dieses Berges wohnte vor Zeiten ein armer Bauer, namens Bimbo [3], er trug also seinen Namen mit Recht. Dieser Bauer hatte sich zeitlebens schwer geplagt, konnte es aber nie zum Wohlstand oder sorgenfreien Leben bringen, denn sein kleiner Acker befand sich hoch in einer Einbuchtung des Berges und die Ernte hing allein vom Wetter ab, da ihm jede andere Wasserzufuhr mangelte. Mit vieler Mühe hatte er mit seinem Weibe jahraus, jahrein das Feld bestellt, doch der Erntesegen blieb oft aus.

Auch in diesem Jahre, da diese Geschichte beginnt, hatte er große Sorgen, denn Tag für Tag sandte die Sonne ihre verzehrenden Strahlen auf das Reisfeld des armen Bimbo. Kein regenspendendes Wölkchen ließ sich blicken, kein Windhauch regte sich und die noch nicht reifen Reisähren hingen schlaff herab.

Bimbo und sein Weib seufzten schwer und bang und

fragten sich oft, warum der Himmel ihnen zürne. Alles schlage ihnen zum Unheil aus. Selbst das höchste Glück des Menschen, der größte Segen der Götter, ein Kind, war ihnen bisher versagt geblieben, obgleich sie oft inbrünstig darum gebeten hatten. Jetzt waren sie schon betagt und hatten jede Hoffnung aufgegeben, ihren Lebensabend durch Kinder verschönt zu sehen; sie hatten sich darein ergeben, ein einsames Alter in Sorgen und Not zu haben; denn auch jetzt wieder schien die Ernte durch den heißen, trocknen Sommer vernichtet zu werden.

Sehnsüchtig und flehend sahen die beiden Leutchen nach dem Wetter aus, ob sich denn nirgends ein Lüftchen rege und den segenspendenden Regen bringe. Doch nichts, nichts! Der Himmel blieb klar und wolkenlos und betrübt wollten die beiden nach Hause gehen, als sich fern am Horizonte ein leichter Schleier zeigte.

„Wind — Sturm!" rief der Bauer freudig aus, „das bringt Regen!"

Er hatte sich nicht getäuscht.

Näher und näher wehte der Schleier, er zerriß in viele Fetzen, die sich zu dunkeln Wolken formten, sich näherten und endlich zu einer dichten Wolkenwand zusammenballten. Da kam es heran, zuerst ein leises Raunen, dann ein Flüstern in den Zweigen. Scheu verkrochen sich die Vögel und die Sänger des Waldes verstummten, nur krächzende Raben und Sturmvögel durchkreisten die Luft. Jetzt zischte und pfiff es zwischen den Bäumen, die angstvoll und bebend ihre Häupter senkten. Nun ging es los das Stöhnen, Knattern, Rasseln, Fauchen, Heulen und Dröhnen und wie ein Heer wilder Rachegeister raste der Sturm heran. Bimbo und sein Weib achteten nicht des furchtbaren Unwetters; ihr Herz war voller Freude, denn dieser Sturm bedeutete für sie Segen; Segen nicht nur der Ernte, sondern noch einen andern Segen, den sie nicht erwarteten.

Nach dem ersten Anprall des Sturmes ergoß sich das kostbare Naß des Himmels auf die lechzenden Fluren und tränkte die ausgedörrte Mutter Erde. Bimbo sah dies alles mit Entzücken und drückte zufrieden die Hand seines

Weibes. Da fuhr plötzlich ein blendender Blitzstrahl
zwischen ihnen zur Erde und blendete ihnen die Augen,
während ein furchtbarer Donnerschlag ertönte, sodaß beide
betäubt niedersanken. Als sie aus ihrer Betäubung
erwachten, hatte sich das Unwetter verzogen und die Sonne
lachte wieder auf die erquickte, prangende Flur hernieder.
Aber Bimbo und seine Frau waren nicht mehr allein, denn
zu ihrem größten Erstaunen lag neben ihnen ein hübsches
Kindlein, ein Knabe, genau an der Stelle, wo der Blitz in den
Erdboden gefahren war. Es lächelte gar lieblich und
freundlich und streckte seine rosigen Ärmchen den beiden
hochbeglückten Alten entgegen.

Schnell hob Bimbo das Kindlein vom nassen Erdboden auf
und barg es schützend unter seinem Strohmantel [4]; dann
eilte er mit seiner Frau heim und bereitete dem Kinde ein
warmes Lager.

Jetzt war bei den beiden Alten Freude eingekehrt und ihr
langjähriger Wunsch erfüllt. Endlich hatten sie ein Kindlein,
hatten etwas, für das sie sorgen und an das sie all ihre Liebe
verschwenden konnten.

Wie sollte der Name sein?

Darüber war Bimbo nicht im Zweifel.

„Das Kind hat uns Raiden geschenkt", sagte er zu seiner Frau; „deshalb wollen wir es Raitaro nennen!"

Und so geschah es.

Der Knabe wuchs heran zur Freude seiner Eltern, doch war er ganz anders geartet als die andern Kinder des Dorfes. Er fand kein Vergnügen daran mit den andern Kindern herumzutollen oder an ihren Spielen teilzunehmen. Am liebsten begleitete er seinen Vater auf das Feld oder tummelte sich allein im Walde umher oder lag oft stundenlang auf dem Rücken und verfolgte den Lauf der Winde und den Flug der Vögel. Ein Unwetter versetzte ihn in Entzücken und beim Rollen des Donners brach er in ein lautes Jauchzen aus.

Hatten so die alten Leute ihre Freude an dem Kinde, brachte dieses ihnen auch Segen und hielt jedes Unheil fern. Die Felder gaben reichliche Ernte, keine Dürre und kein übermäßiger Regen vernichtete mehr die Frucht mühevoller Arbeit, und alles gedieh Bimbo zum Besten, so daß er es bald zu einem gewissen Wohlstand brachte.

Achtzehn Jahre waren schließlich dahin gerollt; man feierte den Tag der Auffindung Raitaros durch ein festliches Gelage, mit Sang und fröhlichen Worten. Raitaro aber blieb still und in sich gekehrt und vergeblich war die Mühe seiner Eltern ihn aufzuheitern. Als der Abend nahte und die Dämmerung hereinbrach, erhob sich Raitaro und dankte seinen Eltern für alles Gute, das sie ihm erwiesen hatten. „Meine Zeit ist um", sagte er zuletzt, „meine Absicht euch zu nützen ist gelungen, auch in Zukunft werde ich über euch wachen. Lebt wohl!"

Während dieser Worte hatte sich eine dunkle Wolke genähert und senkte sich nun langsam auf Raitaro nieder, ihn vollständig einhüllend; dann erhob sie sich wieder und verschwand eilends in unermeßlicher Höhe; der Platz aber, wo Raitaro gestanden hatte, war leer.

Bimbo und seine Frau waren ganz bestürzt und traurig und konnten es gar nicht begreifen, daß sie nun in ihren alten

Tagen doch einsam sein sollten; da sie jetzt aber keine Not zu leiden brauchten und sorgenfrei leben konnten, so wurde der Trennungsschmerz gemildert und in stiller Wehmut fügten sie sich in das Unabänderliche. Sie lebten noch viele Jahre und starben endlich beide hochbetagt zur gleichen Stunde. Auf ihr Grab wurde ein Stein gesetzt, auf dem die Geschichte Raitaro's erzählt und dieser selbst in Gestalt eines fliegenden Drachen abgebildet wurde. Dieser Stein ist noch heute vorhanden, doch hüllt ihn eine vielhundertjährige Moosdecke ein. Wer sich aber Mühe gibt, kann aus den verwitterten Schriftzeichen die Geschichte von Raitaro, dem Donnersohne, entziffern, so wie ich sie hier wiedererzählt habe.

1. Rai = Donner, taro = Sohn, = Sohn des Donners, Donnersohn.

2. Sprich: Haksan = Haku = weiß; auch Shiro = weiß. Also „weißer Berg." Er ist ein seit 1554 erloschener Vulkan und 2720 m hoch. Die Schneehöhe auf diesem Berge ist im Winter enorm, man hat schon bei 800 Meter Höhe eine Schneehöhe von 6 bis 7 Meter gefunden, sodaß eine Besteigung des Berges über einen Kilometer hinauf im Winter undurchführbar war.

3. Bimbo = arm.

4. Die Bauern, Schiffer usw. tragen auch heute noch bei Regenwetter einen Mantel aus Stroh, in der Regel Reisstroh, gefertigt, der warm hält und den Regen nicht durchläßt. Ein solcher Mantel hat die Form einer Pellerine und ist ½ bis ¾ Meter lang.

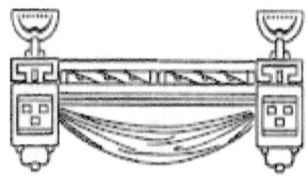

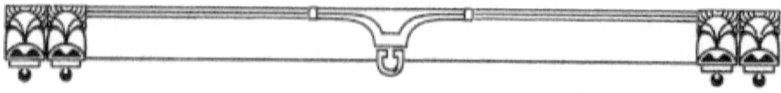

Hotaru. [1]

In einer Lotosblüte, die in einem großen Teiche stand, wohnte eine Johanniswürmchen-Familie: Vater, Mutter und Tochter.

Die letztere, „Klein-Hotaru" genannt, war ein gar liebliches Geschöpf. Wenn der Abend mild und schön war, ging sie auf dem großen Lotosblatte spazieren, das für sie ein herrlicher Garten war.

Oft lauschte sie dem Konzert der Frösche, die im gleichen Teiche wohnten. War es dunkel, so zündete sie ihr Laternchen an; dieses strahlte ein so himmlisch schimmerndes Licht aus, daß selbst der Mond sich beschämt verstecken mußte.

Da Klein-Hotaru nun so ein liebes Ding war, konnte es nicht ausbleiben, daß sie bald von Freiern umschwärmt wurde. Tagsüber nahte sich ihr niemand; aber auch des Abends, wenn sie träumend im Dunkeln saß, blieb sie allein, denn dann konnte sie keiner ihrer zahlreichen Freier erblicken. Hatte sie aber ihr Laternchen angezündet, dann gab es ein munteres Treiben; dann summte, brummte und zirpte es; dann flatterte, schwirrte und surrte es; dann kamen sie alle, die die schöne Hotaru zur Frau begehrten. Da waren Falter, Käfer, Bienen, Fliegen, kurz jedes fliegende Insekt war vertreten und zeigte seine Künste, um Gnade vor Hotaru's Augen zu finden. Diese aber blieb unnahbar; zwar erfreute es sie und sie war stolz, so umschwärmt zu werden; auch machte ihr das Treiben all der Tierlein anfänglich großen Spaß, endlich aber wurde ihr diese fortwährende Zudringlichkeit lästig, hatte sie doch nicht ein einziges

Stündchen mehr für sich, in dem sie sich ungestört ihren Träumereien hingeben konnte, und sie beschloß sich all der Freier zu entledigen.

Deshalb sagte sie zu ihnen:

„Ich will gern einen von Euch freien, aber wer mein Gemahl werden will, muß mir ein Licht bringen, das mindestens ebenso leuchtet wie das meine!" Alle hörten diese Entscheidung und machten sich schnell auf den Weg ein solches Licht zu suchen und herbeizuschaffen. Ein jeder wollte der erste sein, um Hotaru sicher zu erringen.

Das gab nun im ersten Augenblick ein fürchterliches Gedränge, umsomehr als Hotaru ihr Laternchen verlöscht hatte. Manchem Falter wurde ein Flügel zerknickt, manches Käferlein fiel in den Teich und wurde von einem Frosche verschluckt, Beinchen und Fühlhörner gingen verloren, kurz, es war ein unbeschreiblicher Wirrwarr, der aber auch schließlich ein Ende nahm wie alle Dinge auf dieser Welt.

Dann zog ein jedes seinem Ziele zu; überall, wo ein Lichtschein zu erblicken war, flogen auch die Freier heran. Der Nachtfalter war der erste, der zum Opfer fiel. Er flog durch ein offenes Fenster in ein Zimmer, wo ein Gelehrter beim Lampenschein über seinen Büchern saß, stieß und verbrannte sich sein Köpfchen an dem heißen Lampenzylinder. Trotz der Schmerzen gab er seine Versuche zur Flamme zu kommen nicht auf und war auch endlich durch ein Luftloch des Brenners gekrochen; aber, o weh! die Flamme versengte seine Flügel und zisch — zisch — der Falter war tot.

So ging es Tausenden der Freier; der eine stürzte in die Glut des Kohlenbeckens, ein anderer in die Flamme einer Kerze, andere flogen sogar den Menschen in die Augen und wurden getötet. Aber immer neue Scharen durchschwirrten die Luft, um ein Lichtlein zu erhaschen und Hotaru heimführen zu können.

Von all dem erfuhr auch Hitaro [2] und dachte bei sich, wenn so viele Freier um Hotaru zu erlangen, ihr Leben wagen und es lassen, dann muß sie sehr schön sein. Deshalb machte er sich eines Abends auf den Weg um Hotaru zu sehen. Seine Wohnung war nur acht Lotosblüten entfernt

von der Hotarus. Als er Hotaru erblickt hatte, da war er so
entzückt, daß er schleunigst heimkehrte und zu Hotarus
Eltern den Vermittler schickte, der um ihre Hand anhalten
mußte[3] und sie auch zugesagt erhielt, umsomehr, als er die
Bedingung Hotarus erfüllen konnte, denn er hatte ja ein
ebenso liebliches Lichtlein wie sie selbst und war überdies
ein schmucker Bursche. Nachdem so alles in Ordnung war,
wurde die Hochzeit mit großer Pracht gefeiert. Sie lebten
glücklich und zufrieden bis an ihr Ende und hinterließen
eine zahlreiche Nachkommenschaft. Die Bedingung aber,
daß ein jeder, der eines dieser Johanniswürmchen freien
wollte, ein Lichtlein mitbringen müsse, wurde hoch in
Ehren gehalten und galt von nun an als Familiengesetz.

Deshalb sagt man, wenn des Abends die Insekten um das
Licht schwirren und sich die Flügel verbrennen: „Das war
Hotarus Freier" oder auch: „Johanniswürmchen hat die
Freier ausgeschickt."

1. Hotaru = Johanniswürmchen.

2. Hitaro = Hi = Feuer, taro = Sohn = Feuersohn =
Leuchtkäfer.

3. Japanische Sitte erfordert, daß die Brautwerbung
durch einen dritten — Vermittler — erfolgt.
Unschicklich wäre es, wollte der Freier es selbst
tun.

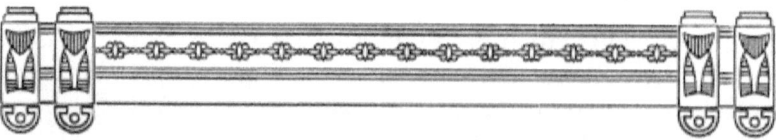

Horaisan.[1]

Auf den Inseln des ewigen Lebens, Horaisan genannt, herrscht ewiges Glück und ewiger Frieden, dort gibt es weder Schmerz noch Krankheit noch Tod, weder Leiden noch Unfrieden, dort herrscht ewiger Frühling und ewige Pracht; kein Sturm, kein Winter vernichtet die in ewiger Schönheit prangende Natur.

Deshalb ist es kein Wunder, daß die Menschen sich nach diesem Lande sehnen und nichts unversucht lassen es zu finden. Doch ist es noch keinem Menschen, der in der Absicht auszog jenes wunderbare Land zu suchen, gelungen, es zu finden, denn eine lange, lange Seereise trennt es von allen bekannten Ländern; aber niemand weiß die Richtung, in der er ziehen muß, um es zu finden; niemand kennt die Lage des hochgelobten Landes, nur die Schwalben und Sommervögel, die im Winter Japan verlassen, kennen die glückseligen Inseln und ziehen dorthin, wenn der Wintersturm Japan durchbraust. Wer aber reinen Herzens ist und nicht in der Absicht auszieht, sich dem Kampfe des Lebens zu entziehen, wer nicht beabsichtigt in Frieden und Glück zu leben, ohne vorher seine Pflichten gegen Gott und Menschen zu erfüllen, dem kann es geschehen, daß ihn ein günstiger von den Göttern gesandter Wind zu den ewig grünen Inseln führt, doch nimmer kehrt er dann zurück, denn gestillt ist all sein Sehnen und ein jeder Wunsch befriedigt.

Vor langen, langen Jahren, so berichtet uns der japanische Geschichtenerzähler, schenkten die Götter einigen Auserwählten das große Glück, Horaisan zu finden; aber nur einer namens Wasobiowo kehrte zurück und brachte Kunde von diesem glückseligen Lande, ja, es gelang ihm sogar eine Frucht von dort mitzubringen, nämlich die Orange, die vordem in Japan ganz unbekannt war, heute aber dank der von Wasobiowo mitgebrachten ersten Frucht auch hier heimisch ist.

Es wird erzählt, daß einst in China ein grausamer Kaiser regierte, herrschsüchtig und unduldsam, sodaß niemand, der etwas konnte oder verstand, seines Lebens sicher war; denn er allein wollte der einzige sein, in allem vollkommen. Wer mehr konnte als er, den ließ er beseitigen. Dieser Kaiser hatte auch wie alle Kaiser einen Leibarzt, der hieß Jofuku. Das war ein gar gelehrter Herr und außerordentlich klug, doch der Kaiser trachtete ihm nach dem Leben, weil er des Arztes Klugheit fürchtete. Er konnte ihm aber nichts anhaben, denn er wußte keinen besseren Arzt. Endlich aber wurde der Arzt dieses Lebens in Furcht und Schrecken satt und er dachte eine List aus, wie er es anstellen könne, aus dem Lande und aus dem Bereiche des Kaisers zu flüchten.

Es kam ihm auch ein guter Gedanke und so sagte er eines schönen Tages zum Kaiser:

„Ihr habt doch neulich von den immergrünen Inseln des ewigen Lebens erzählen hören. Gebt mir die Erlaubnis sie zu suchen, damit ich von dort heilkräftige Kräuter und ewiges Leben verleihende Früchte für Euch holen kann. Wenn es mir gelingt, werdet Ihr in ewiger Glückseligkeit leben, an nichts Mangel leiden und Herrscher der ganzen Welt werden!"

Diese Rede schmeichelte dem Kaiser und in der Hoffnung noch größere Macht und Gewalt zu erlangen, gab er dem Arzte die Erlaubnis zur Abreise, drohte ihm aber den Tod an, wenn er ohne die begehrten Gaben zurückkehren würde.

Der Arzt erhielt ein Schiff und ein großes Gefolge und schiffte sich ein. In Japan angekommen, ließ er in der Nacht, als das Gefolge ans Land gegangen war und sich dort belustigte, in aller Stille die Anker lichten und fuhr weiter um einen anderen Platz zu suchen.

Was er nun aber garnicht beabsichtigt hatte, das wollten ihm die Götter gelingen lassen; denn plötzlich erhob sich ein furchtbarer Sturm und trieb das Schiff mehrere Tage hin und her, das Steuer ging verloren, die Schiffsbemannung wurde vom Sturme ins Meer geschleudert und als endlich wieder schönes Wetter eintrat, war der Arzt nur noch allein auf dem Schiffe, das er nicht zu regieren verstand. Ein

tapferer Mann wie er, verzweifelte nicht, sondern wandte
sich an die Götter und siehe da, als er sein Gebet vollendet
hatte, wurde das Schiff in ruhiger Fahrt vorwärts getrieben
und landete endlich auf Horaisan.

Kaum hatte er das Schiff verlassen und das Land betreten,
da versank das Schiff spurlos im Meere, ihm jede Rückkehr
abschneidend. Am Strande traf er den Japaner Wasobiowo,
der ihn begrüßte und ihm erklärte, wo er sich befinde. Da
war der Arzt froh und dachte garnicht mehr daran, nach
China zurückzukehren, um dem grausamen Kaiser
unverdientes Glück zu bringen, sondern er blieb auf
Horaisan und niemand hat seitdem wieder etwas von ihm
gehört.

Anders Wasobiowo. Dieser lebte früher in Nagasaki, wo er
ein Häuschen besaß, das er mit einem Diener bewohnte und
wo er in stiller Zurückgezogenheit lebte, sich nur mit
Wissenschaften und allerhand Künsten beschäftigend. Seine
liebste Beschäftigung war das Angeln und er konnte oft
tagelang auf dem Meere zubringen, einzig allein nur um zu
angeln oder im Boote liegend den Gang der Gestirne zu
beobachten und zu berechnen.

Eines Abends war er, wieder mit seinem Angelgerät
versehen, bei herrlichem Mondschein aufs Meer
hinausgerudert. Die sternenklare, ruhige Nacht aber ließ
ihn das Angeln vergessen; träumend verfolgte er den Lauf
der Sterne und freute sich des kräftigen, Kühlung wehenden
Meeresodems.

Die Ruder entglitten seinen Händen und er wußte nicht, wie
lange er sich seinen träumerischen Gedanken überlassen
hatte, als sich der Himmel überzog und ein furchtbares
Unwetter heranraste. Ohne Ruder war er machtlos den
Wellen und dem Sturme preisgegeben und nur mit Hilfe des
Steuers vermochte er das Boot vor dem Kentern zu
bewahren, das mit unheimlicher Schnelligkeit bald über die
hochgehenden Wogen dahin schoß bald in die schwarzen
Wellentäler versank, die es zu verschlingen drohten. Endlich
legte sich das Wüten des Sturmes, es wurde heller Tag; aber
Wasobiowo sah nichts als das unermeßliche, wogende Meer,
nirgends ein Zeichen, nirgends einen Punkt, an dem das
ruhelos schweifende Auge einen Anhalt gefunden hätte um

sich zu orientieren.

Er ergab sich in sein Schicksal und harrte des Abends, um aus der Stellung der Sterne bestimmen zu können, wo er sich befinde.

Am Abend, als die Sterne zum Vorschein kamen, da sah er zu seinem Schrecken, daß er mehrere hundert Meilen von der Heimat entfernt war und er garnicht daran denken konnte ohne Ruder dorthin zurückzukehren, umsoweniger als ihn entgegengesetzt wehender Wind immer weiter führte.

Wasobiowo hoffte in dieser Richtung bald ein Land zu finden oder einem Schiffe zu begegnen; deshalb suchte er mit Hilfe des Steuers möglichst geraden Kurs zu halten, was ihm auch gelang, da die Windrichtung sich änderte.

Drei volle Monate trieb er so auf dem Meere und lebte nur von den Fischen, die er mit seiner Angel fing und roh verzehren mußte, da er kein Feuerzeug bei sich hatte. Nach dieser langen Zeit endlich begannen sich im Wasser Pflanzen zu zeigen, die, je weiter er kam, immer dichter wurden; das Meer verlor seine glänzende Farbe und ging endlich in einen dicht mit Pflanzen aller Art bewachsenen Sumpf über, in dem das Boot nicht mehr weiter konnte. Aber Wasobiowo verlor nicht den Mut. Er ergriff die Pflanzen und zog daran und siehe, sie hielten stand wie Stricke. Nun begann eine mühselige Arbeit. Von Pflanze zu Pflanze greifend, zog er sich mit dem Boote immer weiter durch dieses Pflanzengewirr, durch diesen Morast. Über vierzig Stunden dauerte die Arbeit; todmüde, kraftlos und halbverhungert war er, denn hier gab es auch nicht das kleinste Lebewesen, das er als Nahrung verwenden konnte, als er endlich diese unheilvolle Strecke überwunden hatte. Nun lag vor ihm ein silberglänzendes Meer und in einiger Entfernung schimmerte ein grünes Land, überragt von einem bis zum Himmel reichenden Berge. Es war Horaisan mit dem Fusan [2]; doch wußte Wasobiowo dies noch nicht, ja ahnte es nicht einmal, sondern freute sich nur endlich wieder Land zu sehen. Eine Strömung führte ihn dem Lande zu und nach zehn Stunden stieß sein Boot auf den wie Gold und Silber glänzenden, sandbedeckten Strand. Hocherfreut sprang er aus dem Boote, fiel nieder und dankte den Göttern für seine Rettung.

Da aber — o Wunder! Als er sich nach dem Gebete erhob, war alle seine Müdigkeit verschwunden; vergessen waren alle Strapazen seiner Reise; er fühlte weder Hunger noch Durst und ein wonniges Kräftegefühl durchdrang ihn.

Da näherten sieh ihm weise, ehrwürdige Männer und schöne, edle Damen, die ihn begrüßten; sie priesen sein Glück, die Reise nach Horaisan überstanden zu haben und nahmen ihn als neuen Bürger in ihre Mitte auf.

Jetzt wußte er, daß er auf Horaisan war, auf Horaisan, das er stets für ein sagenhaftes, nicht existierendes Land gehalten hatte. Es existierte also wirklich, ja, er war jetzt selbst in dieses wunderbare Land gekommen und als Bürger aufgenommen.

Wieder dankte er den Göttern.

Die Stunden eilen und werden zu Tagen, diese zu Wochen, dann zu Monden und endlich zu Jahren. Die Jahre zu Jahrhunderten, dann zu Jahrtausenden und so weiter in unzählbarer Menge bis in alle Ewigkeit.

Aber auf Horaisan gibt es keine Stunden, keinen Tag und keine Nacht, keine Zeiten und keinen Zeitenwechsel, kein Essen und kein Trinken, kein Leid und keinen Tod. In ewiger Glückseligkeit, in geistreichen Gesprächen, bei anregenden Unterhaltungen, bei M u s i k , Gesang und Tanz streicht die Zeit unaufhaltsam ohne Wechsel und deshalb unbemerkt vorüber.

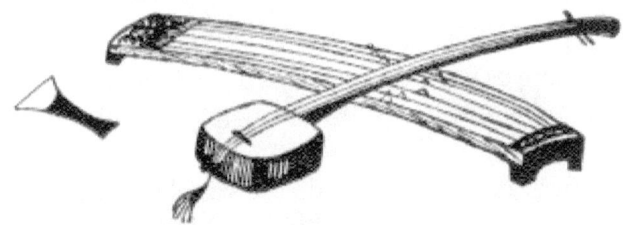

Wer vermag daher zu sagen, wie lange Zeit Wasobiowo auf Horaisan war, ob es Jahrzehnte oder Jahrhunderte waren, als die Götter einen neuen Ankömmling sandten, jenen chinesischen Arzt Jofuku.

Seit dessen Ankunft jedoch war Wasobiowo wie umgewandelt. Hatte der Arzt Heimatsluft mitgebracht, hatte sein Erscheinen in Wasobiowo einen schlummernden Gedanken geweckt?

Wer vermag es zu sagen?

Jedenfalls fühlte er sich nicht mehr wohl in diesem ewigen Einerlei der Glückseligkeit und er sehnte den Tod herbei. Für diesen war jedoch Horaisan unerreichbar, hier hatte dieser bleiche Gast kein Heim; deshalb konnte Wasobiowo hier auch nicht sterben; sogar sich selbst den Tod zu geben, war nicht möglich, denn im Wasser ging man nicht unter, vom Berge konnte man sich nicht hinabstürzen, denn die Luft trug wie das Wasser, es gab weder Waffen noch Gifte um sich das Leben zu nehmen. Nur ein einziges Mittel gab es, das war: „Fort von Horaisan!"

Aber wie?

Kommen nicht alljährlich die heimatlichen Vögel nach Horaisan um dort die Zeit zu verbringen, da in Japan der Winter herrscht?

An diesen Umstand denkend, beschloß Wasobiowo sich einen der stärksten und größten Vögel zu fangen, ihn zu zähmen und abzurichten, damit er auf dessem Rücken nach der Heimat zurückkehren könne.

Kaum hatte er diesen Entschluß gefaßt, als er auch ans Werk ging, denn es war gerade die Zeit, da die Zugvögel auf Horaisan ankamen. Unter diesen war ein besonders großer und starker Kranich, der kräftig genug erschien, Wasobiowo als Reitpferd dienen zu können.

Diesen zähmte er sich; er hatte ihn auch bald so weit abgerichtet, daß der Vogel ihn aufsteigen ließ und mit ihm kleine Strecken weit flog.

Als dann der Zeitpunkt kam, da die Vögel sich zur Heimreise anschickten, da packte Wasobiowo eine große Menge von Früchten zusammen, von denen er auf seiner Reise leben wollte; denn sobald er Horaisan verlassen hatte, mußte er wieder an Essen und Trinken denken. Vorher besprach er sich noch mit dem chinesischen Arzte und lud ihn zur Mitreise ein, dieser jedoch erwiderte:

„Ich danke sehr für Ihre liebenswürdige Einladung, aber ich wäre ein Tor, wollte ich dieses vollkommene Leben auf Horaisan mit dem unvollkommenen in Japan oder China oder sonst einem von Menschen bewohnten Lande vertauschen. Reisen Sie glücklich und mögen Sie es nie bereuen, dieses glückselige Land verlassen zu haben, denn die Rückkehr ist schwierig, sogar unmöglich!"

Wasobiowo sagte lächelnd: „Ich hoffe, daß ich meinen Entschluß nie bereuen werde, denn meine Seele findet keinen Gefallen an untätiger Glückseligkeit. Das wahre Glück für mich liegt nicht in ewiger Jugend und Nichtstun, sondern in Arbeit, Schaffen und Streben für andere; habe ich für meine Mitmenschen gewirkt, dann habe ich auch für mich gewirkt!"

Hatte er Recht? Ich glaube es!

Also stieg Wasobiowo auf den Rücken des Kranichs und dieser stieg mit ihm empor zum azurblauen Himmel. Dann ging es über viele unbekannte Länder und Städte, durch das Land der Riesen und der Zwerge, der Einbeiner und der Dreiäugigen und durch viele andere wunderbare Länder; überall hörte und sah Wasobiowo das Leben und Treiben der Bewohner und lernte vielerlei Dinge und Weisheiten.

Endlich aber kam er wieder in Japan an. Alle Leute staunten
ihn an, sein Name war fast vergessen, denn nicht weniger
als siebenhundert Jahre war er fort gewesen, aber der
Aufenthalt auf Horaisan hatte auf seinen Körper solchen
Einfluß gehabt, daß es ihm nicht ging wie Urashima, dem
Fischer, sondern daß er bei Gesundheit und Kräften war, als
wäre er nur wenige Tage abwesend gewesen. Von allen
Früchten, die er aus dem Lande des ewigen Glückes
mitgenommen hatte, brachte er nur noch eine Orange mit.

Diese pflanzte er im Garten und sie trug tausendfältige Frucht und von ihr stammen die heute in Japan wachsenden Orangen.

Wasobiowo lebte noch viele, viele Jahre als weiser und zufriedener Mann und erzählte oft von seinem Aufenthalte auf Horaisan und von seiner Reise auf dem Kranich.

Seinem Angelvergnügen aber blieb er bis ins späte Alter treu und fuhr noch oft des Abends aufs Meer hinaus. Von einer dieser Ausfahrten kehrte er nicht mehr zurück. Sein gekentertes Boot wurde später, auf hoher See treibend, aufgefunden. Von Wasobiowo jedoch war nirgends eine Spur.

Ob er wieder nach Horaisan zurückgekehrt war?

Sein Andenken wird in Japan hoch in Ehren gehalten als des einzigen Mannes, der Kunde von Horaisan brachte und die Orange von dort nach Japan verpflanzte.

Im Munde des Geschichtenerzählers, in Wort und Schrift lebt die wunderbare Reise Wasobiowos fort und in vielen Tempeln, in Büchern und Symbolen findet man ihn dargestellt, wie er auf dem Kranich sitzend, über das Meer getragen wird.

1. Horai = Elysium; nach einer Erklärung von R. Lehmann Name eines fabelhaften Berges im Meere, wo die frommen Einsiedler in ewiger Jugend wohnen. san = Glückberg. Horaisan in sinngemäßer Uebersetzung: Land des ewigen Lebens.

2. Fu = Vater, Fusan = Vaterberg oder Vater der Berge, nicht zu verwechseln mit dem Fujisan in Japan.

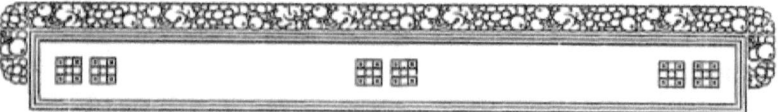

Die Wünsche des Steinhauers.

Es lebte einmal ein Steinhauer, der mußte sich im Schweiße seines Angesichts plagen; denn sein Handwerk war ein schweres. Doch da seine Arbeiten immer gut waren, so verdiente er so viel, daß er ohne Sorgen und zufrieden leben konnte.

Seine Arbeitsstätte war am Fuße eines hohen Felsens, von dem er Steine losschlug und sie bearbeitete, entweder zu Grabsteinen, zu Türschwellen oder zu irgendwelchen andern Zwecken. Bei diesem Felsen nun hauste ein alter Berggeist, der, wie die Leute erzählten, die Wünsche derjenigen, denen er wohlwollte, erfüllte. Eines Tages hatte der Steinhauer einen großen Gartenstein bei einem reichen Bürger abgeliefert und gesehen, wie wohl der es sich sein lassen könne. Als er an seiner Arbeitsstätte schweißtriefend wieder angekommen war und den Schlegel ergriffen hatte, um seine Arbeit fortzusetzen, da erinnerte er sich des reichen Mannes, der geschützt und wohllebend, daheim sitzen konnte und sich nicht so schwer zu bemühen brauchte wie er, der Steinhauer. „Ach," seufzte er, „wer es doch auch so gut haben könnte!"

„Dein Wunsch sei dir erfüllt! Gehe heim!" erschallte plötzlich eine dumpfe Stimme, die aus der Höhe zu kommen schien.

Der Steinhauer war sehr verwundert, legte dem aber keine Bedeutung bei, sondern setzte seine Arbeit ruhig fort. Er hatte wohl von jenem Gerede gehört, wonach hier ein Geist hause, der Wünsche erfülle, doch glaubte er nicht daran, sondern war der Meinung, daß ihn irgend ein Schalk, der seine Stoßseufzer gehört habe, äffen wolle.

Während der Arbeit ließen ihm die Gedanken keine Ruhe und da ein besonders heißer Tag war, so machte er früher als sonst Feierabend, lud sein Handwerkzeug auf und ging heim. Wie erstaunte er aber, als er bei seiner Hütte ankam! Diese war verschwunden; an ihrer Stelle stand ein gar stattliches Haus, mit allem eingerichtet, was zu einem sorgenlosen, behaglichen Wohlleben nötig war.

Nun sah er, daß tatsächlich beim Felsen ein guter Geist wohnen müsse, der seinen Wunsch gehört und erfüllt habe.

Sehr erfreut und ganz glücklich warf er sein Handwerkzeug beiseite und ging in das Haus. Ein gutes Essen stand bereit, ebenso war ein warmes Bad vorbereitet, auch fehlten nicht gute Kleider und weiche Polster.

Sein Wunsch war nun erfüllt und er gab sich ganz dem guten Leben hin, das er sich gewünscht hatte. Bald kam ihm sein früherer Beruf als ein böser Traum vor und er wunderte sich oft, wie er hatte so lange zufrieden sein können.

Aber wie es so geht und wie ein Sprichwort sagt: „Auf

einen Wunsch folgen mehrere" oder „wer Macht hat, will größere Macht", so ging es auch dem Steinhauer.

Einmal saß er an einem heißen Sommertage, sich fächelnd, auf der Veranda seines Hauses, als in einer Sänfte ein Fürst vorübergetragen wurde; eine Anzahl Diener schritt rechts und links von der Sänfte; sie trugen große, prachtvolle Fächer, mit denen sie dem Fürsten Kühlung zufächelten. Ein großes Gefolge begleitete ihn und alle Menschen warfen sich zu Boden und grüßten in dieser Weise den Fürsten.

Da ward der Steinhauer mißmutig und sagte: „Ja, der Fürst hat es gut, der braucht nicht zu Fuß zu gehen, braucht sich nicht eigenhändig Kühlung zuzufächeln und alle Welt verneigt sich vor ihm. Wenn es ginge, möchte ich auch so ein Fürst sein!"

Kaum hatte er dies gesagt, da ertönte wieder die Stimme: „Du hast es gewünscht, drum sei es!"

Jetzt war er ein Fürst. Verschwunden war das schöne Häuschen, dafür stand ein herrlicher Palast an der Stelle; zahlreiche Diener liefen hin und her und kamen jedem seiner Befehle nach. Er wurde in einer Sänfte umhergetragen, Diener in kostbarer Kleidung fächelten ihm Kühlung zu und alle Welt verneigte sich vor ihm. Anfänglich machte ihm diese neue Veränderung viel Vergnügen, bald aber ward er des ewigen Einerleis überdrüssig und dachte darüber nach, wie er noch besseres ersinnen könnte. Und als er sah, wie die Sonne so glühend brannte, wie ihre Strahlen Leben spendeten, zugleich aber auch Feld und Flur verbrannten, ja ihn selbst nicht schonten, sondern sein Gesicht trotz Sänfte, Schirmen und Fächern bräunte, da glaubte er, daß die Sonne das allgewaltigste Ding sei, dem nichts unerreichbar wäre, und so rief er aus: „Wenn's möglich wäre, möchte ich die Sonne sein!"

„Du sollst sie sein!" rief die Stimme und sogleich stand unser Steinhauer oben am Himmel als Sonne und schleuderte mit dem größten Vergnügen seine Strahlen nach allen Seiten, verbrannte das Gras auf den Wiesen, die Ernte auf den Feldern, ja zündete sogar Wälder an. Kurz, er trieb im Übermute seiner Macht allerhand Allotria wie ein Kind mit einem neuen Spielzeug. Wie dieses aber bald des Spieles überdrüssig wird, so auch der Steinhauer und als sich ihm eine Wolke in den Weg stellte und seinem Treiben Einhalt gebot, indem sie verhinderte, daß die Strahlen die Erde trafen, da wurde er bitterböse und schrie:

„Was, die winzige Wolke hindert mich an meinem Spiel? Dann ist sie ja mächtiger als ich, die Sonne. Da möchte ich denn doch lieber die Wolke sein!"

„Es sei!" hörte er die Stimme zu sich herauftönen.

Jetzt schwebte er als Wolke zwischen Erde und Sonne und freute sich der Sonne einen Schabernack spielen zu können, indem er ihre Strahlen auffing. Jetzt sah er auch, wie infolge des Schattens, den er auf die überhitzte Erde warf, alles zu grünen und blühen begann. Dazu gehört auch Wasser, dachte er, und öffnete seine Schleusen. Hei, wie das prasselte und plätscherte! Er freute sich königlich über das Treiben auf der Erde, wie die Menschen rannten und sich zu schützen suchten, wie die Vöglein sich verbargen und wie die Bäume sich beugten unter der Last des prasselnden Regens. Und immer mehr ließ er es regnen, nicht mehr in kleinen Tropfen, nein, in zerschmetternden Güssen, so daß die Bäche und Flüsse die Wassermenge nicht zu fassen vermochten und über die Ufer traten. Alles Land wurde überschwemmt, Bäume entwurzelt, Dämme fortgerissen und von den Bergen stürzten die Wasser in donnernden Kaskaden hernieder, alles sich ihnen in den Weg Stellende mit sich reißend. Nur ein einsamer Fels stand ruhig und fest, ihm vermochte das rasende Ungewitter nichts anzuhaben; stolz ragte sein Haupt bis nahe zur Wolke empor und die Steinhauer-Wolke glaubte sogar ein spöttisches Lachen zu hören. Das ergrimmte ihn noch mehr und in äußerster Wut sandte er einige Blitze auf den Felsen und goß über ihn den Rest seines Wassers aus. Aber es half alles nichts; der Fels wankte und wich nicht und endlich mußte die Wolke erschöpft ihr Wüten einstellen.

„So will ich denn ein Felsen sein!" lautete nun sein Wunsch und wieder rief ihm die Stimme Erfüllung zu.

Jetzt war er der Fels, stand stolz und selbstbewußt da und freute sich seiner unbegrenzten Macht. Nicht die Strahlen der Sonne, nicht der strömende Regen konnten ihm etwas anhaben. Jetzt glaubte der Steinhauer sein Ziel erreicht zu haben und der Mächtigste dieser Erde zu sein; denn niemand vermochte ihm Schaden zuzufügen oder ihn von seiner Stelle zu bewegen.

Niemand!

Wirklich niemand?

Die Freude währte nicht lange; eines Morgens hörte er an seinem Fuße hämmern und kratzen und als er hinunterschaute, da sah er ein winziges Menschenkind mit Keil und Hammer bewaffnet, Stück für Stück vom Felsen losschlagen.

„Wenn das so weiter geht", brummte er, „bleibt ja nichts von mir übrig. Sollte man es für möglich halten? Was alle wütenden Elemente nicht vermögen, das tut so ein kleiner Knirps von einem Menschen. Das darf nicht sein, da will ich lieber dieser Mensch sein."

„So sei, was du vordem warst!" ertönte die Stimme des Berggeistes.

Und der Fels wurde wieder zum Steinhauer, der vom frühen Morgen bis zum späten Abend mühsam die Steine aus dem Felsen brach und zufrieden und glücklich war mit dem, was er hatte.

Er war von seinen Wünschen geheilt und hatte einsehen gelernt, daß in jedem Stande und in jedem Berufe etwas zu wünschen übrig bleibt, weil es auf dieser Erde nichts Vollkommenes gibt.

Japanischer Glücksgott.

Inhalts-Verzeichnis.

Deckelbild, ursprüngliche Form: